「鎧を三つ貰おう。着る用。スペア。そしてスペアが無くなった時のスペアだ」
×3
「ちょっと待ったあああああ!! 鎧、そんなにいらなくない!?」
この勇者が俺TUEEE《ツエー》くせに慎重すぎる

セルセウス
筋骨隆々の剣神。
アリアに頼まれ、
聖哉に稽古をつける
リスタルテ
新米駄女神。聖哉を召喚し、
ゲアブランデの救済を目指す
エルル
竜族の血を引く魔法使い。
聖哉の荷物持ちその2

アデネラ
女神には見えないが、軍神。
聖哉に剣技を教える
竜《りゅう》宮《ぐう》院《いん》聖《せい》哉《や》
ありえないくらい慎重な勇者。
リスタに召喚された
マッシュ
竜族の血を引く戦士。
聖哉の荷物持ちその1
アリアドア
ベテランの女神。
リスタの先輩

準備は完全に整った
【レディ・パーフェクトリー】

この勇者が俺TUEEE《ツエ》くせに慎重すぎる

著 土日月
ill とよた瑣織

口絵・本文イラスト
とよた瑣織

装丁
木村デザイン・ラボ

序章　女神の苦悩

「今回、救世難度Sクラスの世界『ゲアブランデ』の担当になった女神はリスタルテです‼」

人間達の住む世界とは次元の異なる此処《ここ》、統一神界の神殿内に割れんばかりの拍手喝采《かっさい》が巻き起こっている。逞《たくま》しい男神達や麗しい女神達が拍手を送る先には――私がいた。

「やり甲斐《がい》のある仕事だな！　頑張れよ、リスタ！」

「すごいじゃないの、リスタ！　これを乗り越えればアナタも一人前の女神よ！」

先輩達に励まされ、私は引きつった笑いを顔に浮かべていた。


――難度Sクラス……嘘《うそ》でしょ……？


私、リスタことリスタルテは、およそ百年前、女神としてこの統一神界に誕生した。そしてこれまでに五回、地上から勇者を召喚しては困窮する世界を救ってきた。

まぁ五回というのは他《ほか》のベテランの神々に比べると、かなり少ない数字である。彼、彼女達は平均で数十回、多い者だと数百回もの勇者召喚を行い、地上世界を救っているのだ。ちなみに難度Sとはそんなベテランの神でも尻込《しりご》みするような恐ろしい世界である。その世界を統べようとする悪《あ》しき者には、この統一神界の神にも匹敵する力があると言われているからだ。

神殿内に割り当てられた自室に戻った私はとりあえずいつものように、地球という惑星から比較的年齢の若い日本人に限定した候補者リストを取り寄せた。三度目の勇者召喚から私は必ず日本の若者を召喚することにしている。ちなみに最初の勇者召喚では火星人を召喚し、また二度目の召喚では南アフリカ奥地の原住民を召喚した。どちらもこのシステムを理解して貰《もら》うのに丸一ヶ月ほど掛かった。

その点、日本では異世界転移や異世界転生が書物などで人気らしく、すぐにこちらの意図を理解してくれるので楽なのである。まぁ一時の熱気は薄れているとはいえ、日本ではまだまだ異世界ものはブームであり依然として市場を賑《にぎ》わせているのだ……って私は一体何を言ってるのかしら。随分と疲れているようね。

疲弊するのも仕方ない。部屋に入ってからずっと一人、うず高く積まれた候補者リストに目を通しているのである。顔は脂ぎり、目の下にはクマが出来、その上、貧乏揺すりが止まらない。せっかく櫛《くし》で整えた自慢の金髪ロングも乱れに乱れてしまった。

それでも、机の上にそびえ立つ書類の山から、女神の美貌《びぼう》を犠牲にしつつ、どうにかこうにか選《よ》り分けた二通の書面を眺める。

まずは一通目。

佐々木篤士《ささきあつし》
Lv：1
HP：101　MP：0
攻撃力：55　防御力：37　素早さ：28　魔力：0　成長度：6
耐性：無し
特殊スキル：無し
性格：普通

……見るからに戦士タイプ。魔力はないが攻撃力が高い。それに書類に記載されている殆《ほとん》どの候補者の初期ＨＰが二桁《ふたけた》なのに対して『１０１』の三桁だ。

続けて二通目。

鈴木夕子《すずきゆうこ》
Lv：1
HP：65　MP：47
攻撃力：18　防御力：29　素早さ：20　魔力：72　成長度：7
耐性：水
特殊スキル：火炎魔法（Lv：1）

性格：普通

……こちらは典型的な魔法使いタイプ。火炎魔法が最初から使え、加えて水の耐性があるのも好印象だ。

さぁ、佐々木か鈴木か。鈴木か佐々木か。いっそのこと、どちらも連れて行ければ良《い》いのだが、勇者召喚で呼び出せるのは一つの世界につき一人のみである。

ああ、鈴木、佐々木、佐々木、佐々木、鈴木、鈴木、佐々木……しかしどちらも似たような名前ね。何だかもうどっちでもよくなってきた……。

選りすぐった筈《はず》の二通の書面を机に置いて、大きな溜《た》め息《いき》を吐《つ》いた。

『多くの経験を積んで、早く上位女神になりたいです！』

確かに私は常日頃から先輩の神々にそう言っていた。でも、だからといって、こんなことになるなんて。正直、難度DやCの今まで私が経験した世界ならば、佐々木でも鈴木でも問題はない。だが今回は難度Sのゲアブランデ。ここは慎重にも慎重に選ばなければならない。

考えれば考える程、鈴木も佐々木も違うような気がしてきた。

——こ、こうなったら、もう一回、全てのリストを見直すか。見落としがあったかも知れないし……。

だが、そびえ立つ書類の山を前にして、不意に目眩《めまい》がした。ドッと机に倒れ伏すと、積んであった書類が私の頭に向かって倒れてきた。

「ぎゃあああああああ⁉」

女神らしくない声で叫んだ後、書類に埋もれる。

私は頭の上に被《かぶ》さる書類を憎々しげに手で振り払う。だが一枚のリストが私の髪の毛に張り付いたようになかなか取れない。

「何なのよ、もうっ‼」

苛立《いらだ》ち、剝《は》ぎ取ったその書類を眺め、

……そして私は目を疑った。

竜宮院聖哉《りゅうぐういんせいや》
Ｌｖ：１
ＨＰ：３８５　ＭＰ：１９７
攻撃力：１２４　防御力：１１１　素早さ：１０５　魔力：86　成長度：１８８
耐性：火・氷・風・水・雷・土
特殊スキル：火炎魔法（Ｌｖ：５）　獲得経験値増加（Ｌｖ：２）
性格：ありえないくらい慎重

「……は？」

えっ、えっ、えっ。ちょっと何コレ。レベル1なのに何なの、このとんでもないスペックのステータスは。

過労による幻覚か。ストレスによる妄想か。目を擦《こす》り、穴が開くほど書面を見詰めたが、書かれた数値に変化はない。

——こ、こんなステータスの人間見たことない！　逸材！　これは間違いなく逸材！　それも百万人に一人……いや一億人に一人の逸材よ！

書面を握りしめ、部屋を飛び出すと、私は大女神イシスター様の下《もと》へと向かったのであった……。


申請を終えた後、勇者召喚の間に赴きながら、私の胸は躍っていた。

最初、難度Sのゲアブランデ担当になった時、不運すぎると自分の運命を呪《のろ》った。だけど……だけど……初期状態からこんなハイスペックな勇者に巡り会えるなんて！　彼ならゲアブランデだってすぐに攻略出来る！　そして私は大女神への階段をまた一歩上ることになる！　ああ、何てツイてるのかしら、私！

大理石の通路をスキップするように歩く。

その時。私は『竜宮院聖哉』という物々しい名前の日本人のステータスにばかり目を奪われていた。そのせいで私はある項目を見落としていた。というか、見えてはいたのだが、大して気にはしていなかったのだ。

『性格――ありえないくらい慎重』

勇者召喚後、私はすぐにそのことを後悔することになる。

第一章　だが断る

観音開きの扉を開くと床も白、天井も白、見渡す限り真っ白な空間が現れる。召喚の間はいわゆる異空間であり、神殿内にあるにもかかわらず、半径数キロメートルの広大さだった。

私は扉から十数歩、歩いた位置で立ち止まり、ドレスの胸元から金色のチョークを取り出した。それを使って床に魔法陣を描く。そして召喚する勇者の名前を声高く読み上げた。六回目ともあって我ながら慣れたものである。

やがて魔法陣から光が溢《あふ》れ、地上世界から一人の男性が召喚された。

その男性を見て……私は即座に乱れた金髪を手櫛で整え、背筋を伸ばした。

――や、やだ……！　すごいカッコイイ……！

百八十センチを超える高身長。爽《さわ》やかな黒髪の下には凛《り》々《り》しいマスク。Tシャツとジーンズという、その世界の人間の平均的な恰好《かっこう》ながら全然平均的に見えない。体から発散されるオーラは統一神界の男神並みに神々しかった。

――ああ、一度でいいからこんな男性と燃えるような恋愛がしてみたいなあ……って、な、何考えてるの、私！　女神と人間との恋愛は禁止なんだから！

心の中で頭を横に振った。それにしても私に女神の規律を忘れさせてしまう程に、その人間は魅力的だったのだ。

だが私は気付く。男性は私の顔をジッと見詰めたまま固まっている。当然だ。日常から急に辺り一面真っ白な部屋に呼び出されて、戸惑わない人間などいる筈がない。

私は女神の威厳を醸し出しつつ、男性に話しかけた。

「初めまして。私はリスタルテ。この統一神界に住む女神です。故あってアナタを地上から、この次元へと召喚しました。いいですか、竜宮院聖哉《りゅうぐういんせいや》。アナタこそ異世界『ゲアブランデ』を魔王の魔の手から救う勇者なのです」

言った後、「フフフ」と微笑《ほほえ》む。聖哉はやはり固まったままで私を見詰めている。聞いた話に驚いていると言うよりは、私の姿に見とれているかのようである。

まぁ自分で言うのも何だが、私は女神。ハッキリ言っていい女である。艶《つや》のある美しい金髪に、純白ドレスの胸元から覗《のぞ》く豊かなバスト、引き締まったウエスト、細い脚。この聖哉という男は、今までの人生で見たこともない完璧《かんぺき》な女性の美しさに言葉を失っているのだろう……と内心ほくそ笑んでいると聖哉はようやく低い声で言葉を発した。

「いきなり得体の知れない珍妙な者にそんなことを言われてもな」

「‼　『得体の知れない珍妙な者』って私のことですかっ⁉」

素に戻って絶叫してしまう。い、いけない！　威厳！　女神としての威厳を保つのよ！

私は「コホン」と咳払《せきばら》いをし、冷静に語りかける。

「得体が知れなくはありません。もう一度言います。私は女神。勇者であるアナタを召喚した天上の女神なのですよ」

「女神と言ったな。本当に神ならお前がその何とかいう世界を救えばいいだろう？」

「る、ルールがあるのです。神は人間が人間達の手によって繁栄するように無数の地上世界を創《つく》ったのです。だから人間の世界を救うのは人間達自身でないとダメなのです」

聖哉は大きく溜め息を吐き出す。

「俺に拒否権はないのか？」

「そんなものはありません」

すると聖哉は汚い物を見るような目を私に向けた。

「虫の良い話だ」

聖哉のふてぶてしい態度に、私が最初感じた『この人、素敵！』という感情はドンドンと薄まってきた。

な、何だか変わった子ね。普通、勇者に選ばれたなんて言われたら喜ぶ人が多いのに……。ま、まぁいいわ。いきなり召喚されて内心、焦ってるのね？　そんな時はコレよ！

私は聖哉に、にじり寄り、フランクに話しかける。

「ねえ！　まずは『ステータス』と叫んでみて！」

フフフ！　コレよ、コレ、コレ！　コレで大抵の日本人はテンションが上がるのよね！

「なぜだ？」

「あ、アレ？　知らないの？　聖哉はあまりゲームとかしないのかしら？　まぁいいわ。『ステータス』と叫べば、聖哉の能力が数値化されたものが出てくるのよ！　百聞は一見にしかず！　とに

かく言ってみて！」

　だが聖哉は、しばしの間を置いた後、こう言った。

「……プロパティ」

「プロパティ⁉」

　いや私『ステータス』って言ったよね⁉　なんで『プロパティ』って言ったの⁉　ってか『プロパティ』って何⁉　い、意味わかんない‼

　聖哉は目の前に展開されたウインドウを見て、頷《うなず》いていた。

「ほう。確かに俺しか知り得ない情報が書かれているな。眉唾《まゆつば》だったお前の話もこれで少しは信憑《しんぴょう》性《せい》を帯びてきたというものだ」

　……さっきから女神に向かって失礼なんですけど⁉

「と、とにかくプロパティはいいから、ステータスって言ってみて！　ね？　ね？　お願いだから！」

　私の祈るような訴えに、聖哉は渋々「ステータス」と呟《つぶや》いた。すると同じく立体的なウインドウが展開された。今度は私も背後から聖哉のステータスを眺める。

「どう？　わかる？　コレって本当にすごいステータスなのよ！　普通の勇者の何倍もの能力値なの！　いい？　アナタは一億人に一人の逸材！　ゲアブランデにいる強大な魔王を倒せるのは竜宮院聖哉！　アナタだけなのよ！」

　私は精一杯盛り上げるが、聖哉は全く嬉《うれ》しそうではない。『心此処《ここ》にあらず』といった感じで私とは真逆に暗い面持ちで尋ねてくる。

「ちなみにその世界で死んだら俺はどうなる？」

「ず、ずいぶんとネガティブね……。でも安心して！　元いた世界に戻るだけよ！　ただその後は二度とこの世界には戻って来られないけど……」

「フン」と鼻を鳴らす。何を言ってても聞いてもつまらなそうである。

ここに来て私は薄々わかってきた。きっと、この子は現地に行かないと実感が湧かないタイプなんだわ。だったら……

「聖哉！　説明は後でゆっくりするわ！　とにかく一度、行ってみましょう！　ゲアブランデに！」

そして私は早速、呪文《じゅもん》を唱え、ゲアブランデへと通じる異界への門を目の前に出現させた。門を開きながら聖哉に言う。

「竜宮院聖哉！　私と一緒に行きましょう！　ゲアブランデの命運は今や、アナタの手に委ねられたのよ！」

「断る」

「さぁ、一体どんな世界なのかワクワクするわね！　……って、えっ、ちょっと、えっ、えっ、い、今、何て言ったの？」

「断ると言ったのだ。準備もせずにいきなりそんな危険な異世界に行けと言われて行けるか」

「で、でも、アナタのステータスは普通の人に比べて、かなり高いのよ？　それに私だってゲアブランデでは人間の姿に変化して、いつもアナタの隣でサポートするわ。だから安心……」

「人間世界のことは人間で解決しろと言っていなかったか？　どうせお前など付いてきてもロクなサポートが出来ないのだろう？」

「し、失礼ね！　私は女神よ！　決して死なないし、それにアナタがケガを負った時、治癒魔法で回復させてあげることも出来るのよ！」

「ホラみろ。所詮《しょせん》は裏方。大して世界を救う役には立たないではないか」

ぐうっ⁉　女神に対して何たる態度‼　な、殴ってやりたいわ‼

だが氷のように冷ややかな目で聖哉は私を見据えていた。

「拒否が出来ないというのならせめて準備をさせろ」

「じゅ、準備？　準備って一体……？」

第二章　レディ・パーフェクトリー

「ものすっっっごい変わってるのよ、あの子‼」

「……で、結局どうなったの？」

私は先輩女神であるアリアドアの部屋で愚痴をこぼしていた。赤毛のアリアは私より背が高く、大人の色気のある妙齢の女神で、今まで三百以上の世界に勇者を召喚してきたベテランである。

「準備するって言って、あれから召喚の間でずっと一人でトレーニングしてるの！　ありえなくない？　普通、あんな白い部屋、とっとと出て行きたくない？　すぐにでも異世界を見たがるもんでしょ？　なのに！」

するとアリアはクスッと笑う。

「リスタ。アナタが攻略するのは難度Sの世界ゲアブランデ。かえってそのくらい慎重な勇者の方がいいかも知れないわよ？」

「だからって時間の無駄というか何というか。絶対、現地に行ってモンスターと直《じか》に戦った方がレベルだって早く上がるのに」

「いいじゃないの。そんなに慌てなくても。召喚の間も含めて、この統一神界は地上に比べれば時間の流れが非常に緩やかだわ。納得出来るまで此処にいて貰《もら》えばいいじゃない」

「……はぁ。私はもっと普通の冒険がしたいんだけどなあ」

アリアは冷静に紅茶を啜《すす》っていた。私より先輩で大人なアリアは、やはり微笑みながら言う。

「とにかくリスタ。アナタは彼をサポートしてあげなくちゃ。今、彼が召喚の間でトレーニングしているのなら、その面倒を見るべきよ」

「面倒、って?」

「アナタ、あの殺風景な部屋にトイレやシャワールーム、ベッドなんか設置してあげた? 彼、お腹《なか》だって空《す》いてるんじゃないの?」

「あっ……! い、言われてみれば……!」

慌てて部屋を出ようとした私の背中に向かってアリアは語りかける。

「それとリスタ。彼、上から物を言うような神様っぽい態度が気に入らないのかも知れないわ。そういう子にはもっと打ち解けて友達みたいな感じで接してやるのがいいわよ?」

流石《さすが》ベテランのアリアである。私は「ありがとう!」と感謝して、ドアを閉めるや否や、大理石の通路を駆けだした。


「聖哉《せいや》! ほったらかしにしてごめんね……って……」

召喚の間の扉を大きく開くと、聖哉が上半身裸で腹筋をしていた。体には玉のような汗が付着している。その姿が色っぽくて私は思わず、見とれてしまった。

そんな私を聖哉は睨《にら》んだ。

「おい。部屋に入る時はノックぐらいしたらどうだ?」

「ご、ごめん」

ってか此処、召喚の間だけど⁉　アンタの部屋じゃないんですけど⁉

そう言いたいのをグッと堪《こら》え、私は持参したおにぎりを聖哉の前に出す。

「あ、あの、お腹空いてるでしょ？　一応、ご飯作ったんだけど」

「……コレは？」

そして私はニコリと微笑む。

「聖哉って日本人でしょ！　私、実は結構日本に詳しいんだよ！　ホラ、おにぎり！　こっちには梅干し、こっちは鮭《しゃけ》が入っていてね、」

話の途中だが、聖哉は私の作ったおにぎりを睨み、「フン」と鼻を鳴らした。

「得体の知れない者が作った、得体の知れない物か」

「⁉　失礼にも程があるでしょう⁉」

「お前が先に食え」

「なっ⁉」

「毒が入っているかも知れんからな」

……アリアに言われ、反省し、優しくしようと思った。だからおにぎりだって作った。しかし私は今、激しく憤慨していた。

「毒なんか入ってないわよ‼　バッカじゃないの‼　大体、私がアンタに毒を盛る理由がある⁉」

イライラしつつ、私は鮭おにぎりにかぶりついた。

「ホラ‼　大丈夫でしょ‼　ったく、信じられない‼　一生懸命作ってあげたのにさ‼」

「ふむ。速効性の毒は入っていない……か」

「だから速効性の毒も遅効性の毒も入ってねーよ‼」

女神にあるまじき汚い言葉遣いで私は聖哉に叫んでいた。

「大体、言っとくけどね‼　こんな部屋で腕立てとか腹筋とか自重トレーニングするくらいじゃあ大して能力なんか上がんないんだからね‼」

叫んだ後、私は女神の力を用い、瞬く間に簡易トイレと簡易シャワールームと簡易ベッドを創造した。その後、聖哉にブザーを突き出すようにして渡した。

「準備が出来たらこのブザーで知らせて！　食事は一日三回、扉の下から差し入れるわ！　アンタがブザーを鳴らすまで私は金輪際、この部屋に立ち寄らないからね！」

「ああ、そうしてくれ」

私は召喚の間の扉を思い切り閉めた。

ズカズカと廊下を踏み鳴らし、自室に向かう。

——何よ、アイツ！　もう勝手にしたらいいわ！　どうせあんな何もない部屋で人間が暮らせる訳がない！　二、三日で音を上げるに決まってるんだから！


……だが、聖哉は全くブザーを押さなかった。四日経《た》った時「ひょっとして死んでるんじゃ？」と疑ったが、差し入れのおにぎりは一応平らげているようだった。

自分から『立ち寄らない』と言った癖に、気になって私はしょっちゅう召喚の間の扉に耳を当てて、聖哉のことを気に掛けていた。

……そして一週間が経過した時。遂に聖哉に渡したブザーが鳴った。

急いで召喚の間に行き、扉を開く。すると、聖哉はシャワーを浴びたばかりなのか、体から石けんの良《い》い匂《にお》いを漂わせていた。

「そ、それでどうなのよ？　修行の成果は？」

私が聞くと、聖哉は「ステータス」とだけ呟き、立体ウインドウを展開した。そのステータスを見て、私は小さく唸《うな》った。

竜宮院聖哉《りゅうぐういんせいや》
Lv：15
HP：２４８５　MP：１１１４
攻撃力：５３３　防御力：５０７　素早さ：６２３　魔力：４９９　成長度：３４１
耐性：火・氷・風・水・雷・土・毒・麻痺《まひ》・眠り
特殊スキル：火炎魔法（Lv：９）　獲得経験値増加（Lv：３）　能力透視（Lv：５）
特技：アトミック・スプリットスラッシュ《原子分裂斬》
ヘルズ・ファイア《地獄の業火》

「じ、自重トレーニングだけで、ものすっごいレベル上がってる……!!」

特殊スキルの『獲得経験値増加』が影響しているのだろうが、それにしても想像を遥《はる》かに上回る成果である。正直、このステータスならば、私が以前、担当したＤクラス難度の世界の魔王といい勝負が出来るかも知れない。

私が仰天していると、聖哉は事も無げに言う。

「欲を言えばレベルをＭＡＸまで上げたかったのだが」

「いやこんな部屋で一生を終えるつもり!?　いくら時の経つのが遅い異空間でも限度があるわ!!　もう充分よ!!　さっさと行きましょう、ゲアブランデに!!」

私が叫ぶと、聖哉はコクリと静かに頷《うなず》いた。

「そうだな……」

そして聖哉は真っ白な召喚の間の空間のどこか遠くを見詰めながら、呟《つぶや》く。

「レディ・パーフェクトリー《準備は完全に整った》」

な、何よ、その決め台詞《ぜりふ》は!?　カッコつけちゃって!!　言わなくていいわよ、そんなの!!

「とにかく行くわよ、もうっ!!」

呪文《じゅもん》で再度、ゲアブランデへ通ずる門を呼び出す。そして聖哉の手を無理矢理取って、門へと向かう。

予定より一週間遅れて、私達はようやくゲアブランデに赴くことになったのであった。

第三章　エドナの町へ

門を潜《くぐ》り、私と聖哉《せいや》が出た場所は草原地帯であった。と言っても僅《わず》か十メートル先に、のどかそうな町並みが見える。大女神イシスター様に事前に調整して貰った通り、旅は絶好のポジションから開始されたのだった。

聖哉は私達が出た後、空間に溶けるように消えていく門を眺めていた。私はそんな彼の背を叩《たた》いて急《せ》かす。

「さぁ！　とりあえず、あそこの町で装備を整えましょう！」

何か言いたそうな聖哉の手を引き、私は町へと向かった。

木の立て看板には『ようこそ！　エドナの町へ！』と書かれている。看板を過ぎ、舗装されていない道を歩くと、農業をしているような恰好《かっこう》の人達とすれ違った。町というよりは村に近い、牧歌的な雰囲気である。

「やぁ、旅の人かい？　こんにちは」

気兼ねなく挨拶《あいさつ》をしてきた農家の人に私は笑顔で頭を下げたが、聖哉は訝《いぶか》しげな顔をしていた。

男性が通り過ぎてから私に耳打ちする。

「おい。今のはモンスターか？」

「ま、町の人だよ……見たら分かるでしょ……」

「見かけはそうだが、ひょっとしたらモンスターが変化しているかも知れんと思ってな」

「気にしすぎだよ……」

さらに歩くと前から五、六歳くらいの小さな女の子がやってきた。おさげの女の子は私を見た途端、満面の笑みを見せた。

「うわあ！　おねえちゃん、すごく綺麗《きれい》だねー！　まるで女神様みたい！」

「ふふ。純粋な子供には見抜かれちゃうのよね」

私は満更でもない気持ちで、その子の頭をヨシヨシと撫《な》でる。女の子は次に聖哉を見ると、

「おにいちゃんも変な恰好だけどカッコいいねー！」

私から離れ、聖哉のジーンズに、しっかと抱きついた。何だか聖哉が困っているように思えて、私は少しだけおかしくなる。

「あら。子供には憎まれ口をきかないのね？」

私の嫌みに聖哉は「ふう」と短い息を吐いただけだった。女の子は聖哉を見上げる。

「おにいちゃん、名前はー？」

「……」

「ねーねー、名前はー？」

「……聖哉」

「ふーん！　私、ニーナ！　よろしくね！」

もう少し聖哉とニーナの絡みを見ていたかったが、あまりのんびりする訳にもいかない。

「ねえ、ニーナちゃん。この町の武器屋はどこかしら？」

「えーと、武器屋はねー、此処《ここ》からまっすぐ行ったところにあるよー！」

「そう！　ありがとうね！」

ニーナに手を振って別れた後、言われた通り、直進する。やがて景色は店々が建ち並ぶ栄えた通りになっていく。私と聖哉は剣の絵が描かれた看板の店の前で立ち止まった。

私は聖哉に小袋を渡す。

「はい。コレは私からのプレゼントよ。これだけあればこの町で一番良い装備が揃《そろ》うわ」

実はコレも大女神イシスター様に注文しておいたこの世界の通貨である。聖哉は小袋を受け取り、店内を見回った後、中年の小太り店主に袋から出した全ての金貨を差し出した。

「では、この鋼の鎧《よろい》を三つくれ」

「へいよ！」

鎧を三体用意しようとする店主を、

「ちょっと待ったあああああ‼」

私は全力で止めた。そして聖哉に叫ぶ。

「鎧、そんなにいらなくない⁉」

「いや、いる。着る用とスペア。そしてスペアが無くなった時のスペアだ」

慎重というより最早《もはや》、病的だった。どこの世界にありったけの金貨をはたいて、同じ鎧を三つ購入する勇者がいるだろう。

「私が選ぶから聖哉はじっとしていて!!」

「勝手な女だ」

私は鋼の剣と鋼の鎧を購入した。勿論《もちろん》一つずつである。無理矢理その場で装備させると高身長で体格のよい聖哉はサマになっていた。見かけはもう、いっぱしの戦士である。

武器屋を出ると聖哉は自ら進んで隣の道具屋へと入っていった。店主に道具の説明を聞いた後、

「煙幕を十個。薬草は二十個。あと毒消し草も同じ数くれ」

余った金で聖哉は道具を買いあさっていた。武器や防具と比べて安い買い物なので流石《さすが》に止めはしなかったが、店を出た後で一応聞いてみる。

「あのー。そこまで念入りに準備しなくてもいいんじゃない?」

「周囲にどんな凶悪なモンスターがいるやも知れん。準備は当然だろう」

「いやいや。そこは安心してよ。私、こう見えてもベテランナビゲーターなのよ? ちゃんと聖哉を始まりに適した町からスタートさせているの。この周辺は弱いモンスターばかりよ」

「どうだかな」

その時であった。

「そうだよー! 大丈夫ー! 私でも平気だよー!!」

急に聞き覚えのある声が足下から。視線を下げると、さっき出会ったおさげの女の子ニーナがニッコリと微笑《ほほえ》んでいた。

「私でも一人で隣町まで歩いて行けるんだよー！　だってこの辺りにはスライムしかいないもん！」

話を聞いていたらしいニーナの頭を撫でつつ、私は聖哉をジト目で見やる。

「ほらね。こんな幼い子でも大丈夫なのよ。これで少しは安心した？」

「えー。おにいちゃん、強そうなのに町の外に行くのが怖いのー？」

「そうよ。このおにいちゃん、すっごく怖《こわ》がりなのよ」

一緒になってバカにしてやろうと思ったのだが、私の想像以上にニーナは純粋だった。服のポケットから、布で作った押し花のパウチを取り出すと、聖哉に手渡した。

「じゃあ、はい！　コレ、お守り！　おにいちゃんにあげるね！」

聖哉は押し花を受け取ると、マジマジとそれを眺めていた。

「まさか呪《のろ》われたアイテムじゃあないだろうな」

「んー？　なぁにー？」

咄嗟《とっさ》に私は聖哉の口を手で塞《ふさ》いだ。

「き、気にしないで！　このおにいちゃん、ちょっと病気なの！　そう、心の病気！」

するとニーナの後ろから、男性が声を荒げた。

「ニーナ！　何をしてるんだ！」

「あっ！　パパー！　買い物、終わったー？」

人の良さそうなニーナの父親は私達に頭を下げた。

「す、すいません。今、娘が何か失礼なことをしませんでしたか？」

「いえいえ、そんな。ねえ？」

私が聖哉に視線を送ると、聖哉はそっぽを向きながらも、

「ああ。別に何もない」と素っ気なく言った。

ふーん。そこまでイヤな奴《やつ》でもないか……とその時、私は確かにそう思った。

第四章　初めてのモンスター

武器と防具、それもかなり質の良《い》い装備品を手に入れた私達は町を出て、草原地帯を歩いていた。

無論、聖哉《せいや》をモンスターと戦わせる為《ため》である。

「何もわざわざ……」と最初は渋っていた聖哉だったが、流石にニーナでも大丈夫と聞いて、プライドが許さなかったのだろう。その後は特に文句も言わず、黙って私の後を付いてきた。

そして、お目当てのソレはすぐに見つかった。

今、私達の目の前には水色のブヨブヨとした生物が、草の陰でフルフル震えていた。

「聖哉、見て！　アレがモンスターよ！」

「ほう。奇っ怪な生物だな。遺伝子操作か何かか？」

「魔物だよ！　スライム！　ゲームとかで見たことない？」

聖哉が首を横に振ったのを見て、私は少なからず驚いていた。

す、スライム知らないんだ……。そんな日本人いるのね……。

「いい、聖哉。スライムは人間を見ると飛びはねて攻撃してきたりするわ。当たると粘液が皮膚を溶かしたりするけど、すぐに振り払えば大した害はない。実際、大人なら棍棒《こんぼう》で倒せる程、凄《すご》く弱いモンスターだから……って、えっ……？」

私は大きく目を見開いた。聖哉は鋼の剣を鞘《さや》から抜き、「コォォォォ」と静かに息を吐きだしていた。握っている鋼の剣が聖哉の呼吸に反応するように光を帯びる。辺りの空気が振動している。

「喰《く》らえ……！　アトミック・スプリットスラッシュ《原子分裂斬》……！」

言うや、次の瞬間、聖哉はスライム目がけ、斬《き》り付けた！

爆発にも似た轟音《ごうおん》と衝撃波！　同時にスライムのいた地面が裂ける！

「ひぃえええええええ!?」

巻き起こった風圧で髪を乱しながら、私は聖哉に叫ぶ。

「ちょ、ちょっと！　たかがスライム相手に、コレはやり過ぎ、」

だが聖哉は剣を持っていない方の左手を、先程まではスライムがいたけど現在は何も存在しない場所へ向けていた。

「まだだ……！　まだ生きているかも知れん……！」

そして聖哉の左手が紅蓮《ぐれん》の炎に包まれる。

「ヘルズ・ファイア《地獄の業火》……！」

途端、左手から発射された魔法の炎が、スライムがいたけど今は何もなくなった場所付近へと広がった。そして瞬時に一面の草原を焦土と化していく。

「だからスライムもういないってえええええ!!」

私は叫ぶが、聖哉は聞いていない。

「いや……まだだ……！　まだ安心は出来ない……！」

そして再度、剣を構える。

ええっ⁉　確か聖哉が今使える特技は二つの筈《はず》‼　い、一体、何を⁉

するとまたしても「コォォォォ」と呼吸音。そして剣が輝き、辺りの空気が振動し、

「アトミック・スプリットスラッシュ《原子分裂斬》‼」

「⁉　もっかいアトミック・スプリットスラッシュ《原子分裂斬》いったあああああ⁉」

再度、鳴り響く轟音。爆発。地響き。地割れ。私の金髪が強風でオールバックになった。

……しばらくして、私は隕石《いんせき》が落下したかのように陥没した地面に立っていた。

何事もなかったかのように、剣を鞘に納める勇者に私は大声で叫ぶ。

「ってかスライム一匹にどんだけ全力で攻撃するの⁉　最初のアトミック何とかで既にスライム、粉微塵《こなみじん》に粉砕されてたわよ⁉」

「油断は禁物だ」

「限度があるわよ‼　聖哉‼　アンタも能力透視のスキル持ってるわよね⁉　スライムのステータス見なかったの⁉」

「一応、見た。攻撃力も防御力も一桁《ひとけた》だったな」

「だったら、そんなモンスター相手にここまでしなくても、いいでしょうが‼」

「目で見える情報だけが全てだとは限るまい」

「⁉　いやもっと自分のスキルを信じようよ‼」

私は髪の毛を整えながら、大きく溜《た》め息《いき》を吐《つ》いた。

「とにかく……これでちょっとは自信がついたでしょ？　ね？　アナタはものすごく強いのよ。だ

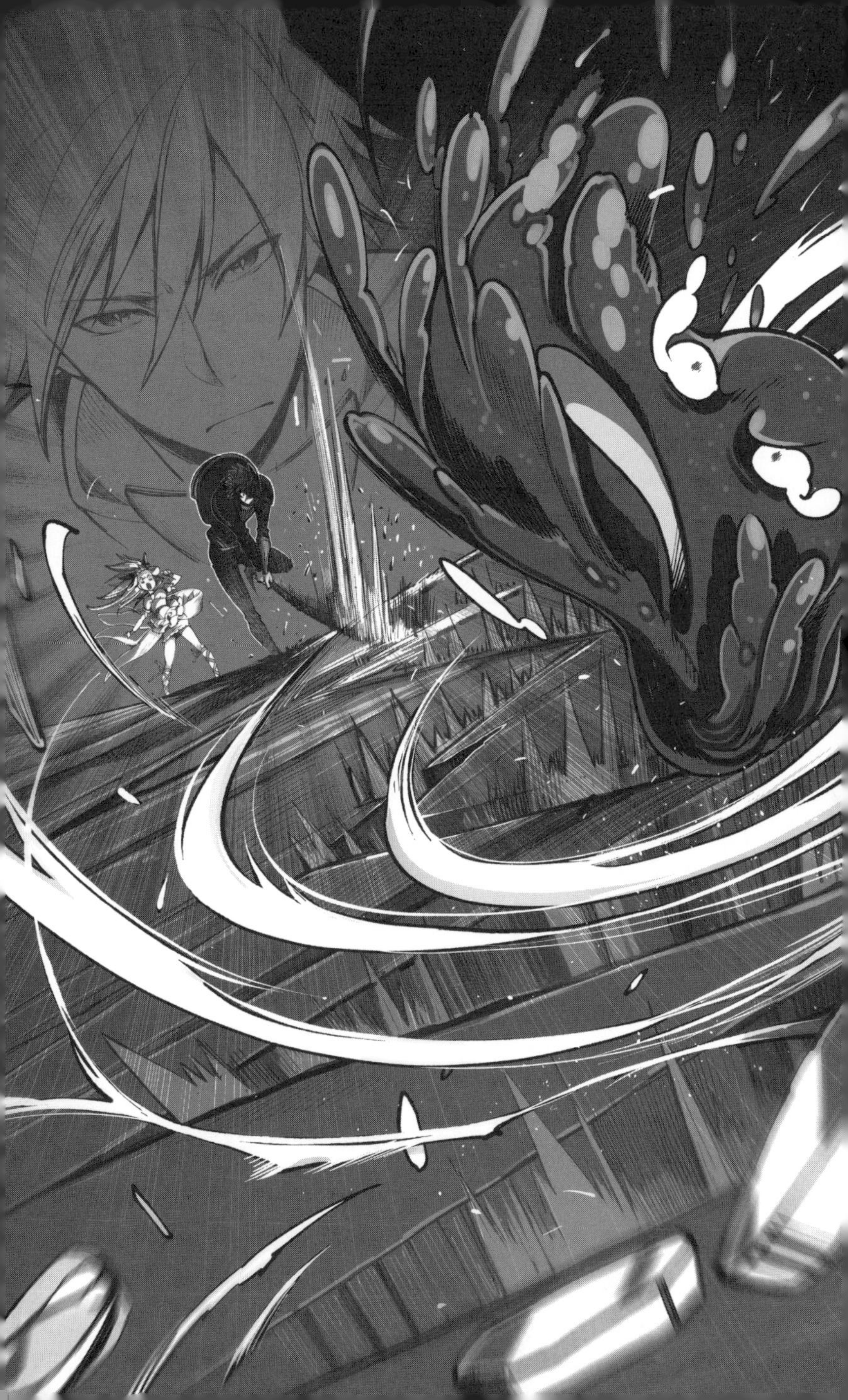

からさっさと次の町に向かいましょう。大女神様の情報では、そこにアナタの旅の仲間になる人物が待っているそうよ……」

聖哉の肩に手をやったその瞬間。『ぞくり』。急激に感じた邪悪な気配に全身が粟立《あわだ》った。

「な……何？」

振り返ると、女が私達の方にゆっくりと歩いてきていた。鴉《からす》のような漆黒の髪の女は、同じく黒く水着のような露出度の高い衣装に身を包み、片手に身の丈程もある大剣を軽々と持っていた。一瞥《いちべつ》すると女戦士。だが彼女から立ち上る邪悪なオーラは彼女が人間でないことの証《あかし》だった。

女は聖哉に妖艶《ようえん》な笑顔を見せた。

「凄《すさ》まじい剣技だったわー。アナタがそうねー。きっとそうなのねー」

「あ、アナタ……何者なの？」

聖哉に代わって尋ねると女は両の口角を大きく上げた。

「他次元からいらっしゃった女神様に選ばれし勇者様。初めましてー。私、魔王軍直属四天王が一人、ケオス＝マキナですわー」

女の口から出た驚愕《きょうがく》の事実に私の体は震えた。

そ、そんな!!　まさか!!　始まりの町付近にいきなり魔王軍直属の者がいるなんてありえない!!　ちゃんと大女神イシスター様が安全な場所からスタートさせてくれた筈なのに!?

だが女から溢《あふ》れる魔獣のような邪気が、彼女の言っていることが本当だと私に告げていた。

魔王軍直属四天王ケオス＝マキナは私の焦燥を悟ったのか、クックッと含み笑いした。

「驚いたー？　我らが魔王様はね、勇者召喚の兆しを事前に感知していたのよー。流石にその正確な出現位置までは摑《つか》めなかったらしいけどねー。でもでもでもー、勇者召喚するなら初めは弱いモンスターの生息地を狙《ねら》うでしょー？　それでその辺りの村や町に当たりを付けて、見知らぬ者がやって来た形跡を調べ、そして此処《ここ》に辿《たど》り着いたって訳よー」

楽しそうに嗤《わら》うケオス＝マキナ。反して私は戦慄《せんりつ》する。

さ、流石、難度Sの世界ゲアブランデ！　今までの世界のようなセオリーは通じないって訳ね！

「魔王様は随分と勇者を警戒なさっていたわー。私は、そこまで気にしなくても良いのではないかと思っていたのだけれどー。でもでもでもねー、こうして対峙《たいじ》してみて分かったわー。アナタってば恐ろしいまでの能力を秘めた勇者なのねー。いけない、いけない、いけない、いけない。コレは早めに片付けないといけないわー」

ケオス＝マキナは赤い舌をチロリと出すと、大きな剣を後方に引いた。

ま、マズい‼　戦闘態勢を取った‼

私は身構えつつも、聖哉も持っているスキル『能力透視』で相手の実力を窺《うかが》い……そして……絶望した。

ケオス＝マキナ
Lv：66
HP：3877　MP：108

攻撃力：887　防御力：845　素早さ：951　魔力：444　成長度：653
耐性：風・水
特殊スキル：魔剣（Lv：15）
特技：デモニック・カーズド《魔神呪殺剣》
性格：残忍

な、な、何てこと‼　こんなの序盤で出会う敵のステータスじゃないわ‼

「せ、聖哉……！」

女神の私としたことが、恐るべき敵の出現にテンパってしまい、助けを求めるように聖哉を振り返り見た。

だが……聖哉は忽然《こつぜん》と姿をくらましていた。

「あらっ⁉」

素《す》っ頓狂《とんきょう》な声を出してしまう。なぜなら私の視線の先、脱兎《だっと》の如《ごと》く走り去っていく勇者の背中が見えたからだ。

「ちょ、ちょっと⁉　め、女神を置き去りにして逃げるなああああ‼」

叫びながら、私も聖哉の後を追う。背後でケオス＝マキナの笑い声が聞こえた。

「あらあらあらあらー！　勇者のくせに女神を置いて一目散に逃げるのねー？　でもそれ良い判断よー！　普通の人間は迷わず咄嗟にこんな行動出来ないわー！　おもしろい、おもしろい、おもしろい勇者ねー！」

ケオス＝マキナはどうも追ってくる気配はないようだ。私は全力で駆けつつ、聖哉の背中に言葉をぶつける。

「ま、待ちなさいよっ!!」

すると聖哉が少し足を緩め、私を振り返った……と次の瞬間、私に向かって何かを投げつけた。

『ボンッ!!』

「はひゃっ!?」

私の足下で炸裂《さくれつ》し、もうもうと煙を辺り一面に撒《ま》き散らす煙幕。

「何すんのよおおおおおお!!」

激怒した刹那《せつな》、私の背後で剣を振るう音！

まだ追ってきていないと思った。だがケオス＝マキナはいつの間にか私の背後に迫り、大剣で私の首を狙っていたのだ。

「ふふふっ！　目くらましねー！　これも良い判断よー！」

またもケオス＝マキナが嗤い、白い煙が辺りに充満するその最中《さなか》。私の腕が誰《だれ》かに取られた。気付けば聖哉が私の腕を引いている。そしてこんな窮地なのに相変わらず冷静な口調で言う。

「おい。一時撤退だ。早く統一神界とやらに繋《つな》がる門を出せ」

「そ、そうね！　わかったわ！」

全力で走りながら、私は呪文《じゅもん》を詠唱。十数メートル先に門を出現させる。

門まであと僅《わず》か数センチの距離。だが、背後から悪魔の声が轟《とどろ》く。

「逃がさないわよ――――!!」

ちらりと背後を振り返ると、白煙の中から大跳躍して飛び出したケオス＝マキナが剣を振りかぶっている！

「ひっ！」と小さく叫び、すがるように聖哉を見る。すると聖哉は既にケオス＝マキナに向かい、左手を掲げていた――紅蓮の炎に包まれた左手を。

左手から溢れるように広がったヘルズ・ファイア《地獄の業火》の波状の火炎は、攻撃すると言うよりは相手の動きを攪乱《かくらん》する為のものだったらしい。

火炎に阻まれ「チッ！」とケオス＝マキナが舌打ちする。

その間に私達はどうにか門を開き、この場から脱出したのであった。

第五章　最低の勇者

「か、間一髪だったわね」

転がり出た後、直《す》ぐさま私は門を消滅させた。慌てていたので、出る場所を指定する暇がなかった。なので、いつもの真っ白な召喚の間でうずくまるようにして私は息を切らせていた。だが聖哉《せいや》は呼吸も乱さず、私に告げる。

「此処に出たのは都合がいい。早速、今からトレーニングを開始する」

そして、いまだにハァハァ言っている私の背を押す。

「ちょ、ちょっと？」

「トレーニングの邪魔だ。出て行け」

「ま、また自重トレ？」

「ああ。そうしないとアイツには勝てない。見たところ、アイツはスライムの何倍も強かった」

「いや、そりゃあまぁ……四天王だから……」

「納得のいく成果が出るまで俺は此処を出ない。準備が出来たらブザーで知らせる。それまで此処には入るな」

決意に満ちた双眸《そうぼう》を見た時、私は何も言えなかった。

そうして聖哉は私を追い出し、再び召喚の間に閉じこもったのだ。

……二晩経《た》った。聖哉への朝の差し入れを扉の下部から滑り込ませた時、不意にイヤな予感が走った。女神の勘というやつだ。

私はアリアに地上世界を見通す水晶玉を借り、自室でそれを前に呪文を唱えた。

「三千世界、全てを見通す水晶よ。差し迫る危険があるならば、今此処にそれを映し出し給《たま》え……」

すると水晶玉にはエドナの町が映し出された。武器屋などが建ち並ぶ町の中心部だ。

と、不意に。

『ねー？　見てるー？』

「うわわっ!?」

禍々《まがまが》しいケオス＝マキナの顔が水晶玉にアップで映され、私の心臓は止まりそうになった。

ケオス＝マキナは妖艶な笑みを浮かべつつ、大声を出していた。

『見てるかしらー？　女神様に勇者様ー？　アナタ達が現れないのなら、この町を滅ぼしてやるわよー？』

そしてケオス＝マキナは嫌がる男性の頭部を片手で掴み、私が水晶玉で見ているのを知っているかのように、泣き叫ぶ憐《あわ》れな顔をこちらへ向けた。

『これから十分に一人ずつ、住民の首をチョン切っていくわねー』

言うや、躊躇《ちゅうちょ》もなく大剣で男の首を掻《か》き切る。鮮血が辺りに撒き散らされ、私は思わず水晶玉から目を逸《そ》らした。

『人間の赤い噴水ってば綺麗《きれい》、綺麗、とっても綺麗ねー』

水晶玉からはケオス＝マキナの悦に入った声が聞こえていた……。


『バンッ‼』と、私は召喚の間の扉を大きく開いた。

トレーニング中の聖哉が私を睨《にら》む。

「ブザーが鳴るまで入るなと言わなかったか？」

「緊急事態よ！　すぐにエドナの町に戻りましょう！」

「何故《なぜ》だ？」

「ケオス＝マキナが町の人達を処刑しているの！　私達が現れるまでアイツは殺し続けるわ！　だから早く準備して！」

私が必死に訴えても、聖哉はトレーニングを止《や》めなかった。

「ダメだ。まだ準備は出来ていない」

「でも！　こうしている間にもケオス＝マキナは町の人を殺しているのよ！」

「落ち着け。お前は確か、此処では時の流れが遅いと言っていなかったか？」

「いくら時間の流れが緩やかだといっても完全に時間停止している訳じゃないのよ！」

「それでは向こうとこちらの正確な時間の対比は分かるか？」

「……約百分の一。向こうの十分はこちらでは約十六時間よ」

「なら問題あるまい。次の奴《やつ》が殺されるまで、まだまだ時間に余裕はある」

——いや確かにそうかも知れないけどさあ!! 普通、勇者ならすぐに助けに行こうと思うでしょ!! 何なのよ、アイツ!!

ヤキモキしながら一旦《いったん》、私は自室に戻った。戻った後も気が気でなく水晶玉を眺め、エドナの町の様子を窺っていた。


……一体、何時間経過しただろう。やがてケオス＝マキナに動きがあった。見ると新しい人質の首根っこを掴んでいる。

『さぁ今度はこの男を殺すわよー』

その男性には見覚えがあった。そして私の記憶を確実にさせる声が水晶玉から聞こえる。

『パパー！ いやあああああああ!! やめてえええええええええ!!』

おさげの小さな女の子が泣き叫ぶ。その子の姿を見た瞬間、私は水晶玉を持って、召喚の間へとダッシュした。

扉を開くと、聖哉が呆《あき》れたような顔で私を見た。

「……入るなと何回言えば分かるのだ？」

「それどころじゃないのよ！ コレを見て！ 分かるでしょ？ 町で会ったニーナよ！ ニーナのパパが今からケオス＝マキナに殺されちゃうのよ！」

だが、聖哉は動揺しないばかりか、今度は片手で腕立て伏せを始めた。

「ちょ、ちょっと！　話、聞いてる？」

「まだだ。まだ準備は出来ていない」

その時。私は一心不乱にトレーニングする聖哉の心の中を見た気がした。

真剣に私は聖哉に語りかける。

「聖哉……怖いのは分かるよ？　けどアナタのステータスならアイツに勝てる可能性はゼロじゃない。私だって最大限のバックアップはする。私の回復魔法だって捨てたものじゃないのよ。だから……ね？」

だが聖哉はバカを見るような目付きで私を睨んだ。

「何を言っている。別に俺は恐れてなどいない」

「ケオス＝マキナから逃げたくせに」

「あれは戦略的撤退だ」

強情な聖哉に私の怒りは爆発した。

「とにかく早く行こうよ‼　いい⁉　アナタは仮に死んだとしても元の世界に戻るだけ‼　でもあの人達はそうじゃない‼　死んだらもう生き返らないのよ‼」

それでも聖哉は聞く耳を持たなかった。静まり返った召喚の間で、水晶玉から悲痛なニーナの泣き声が轟く。

『パパあああああ‼　ヤダようううう‼　お願い‼　お願いだから、パパを殺さないでえええええっ‼』

ケオス＝マキナはニーナに悪魔の微笑を見せる。

『心配しないでー。さみしくない、さみしくないわー。だってアナタもその後、すぐに首をチョン切ってあげるのだからー』

……私は聖哉の目の前に水晶玉を突き出す。

「ねえ!! コレを見ても何とも思わないの⁉ あの子、アナタに押し花をくれたのよ!! アナタの身を案じてお守りだってそう言って!!」

すると聖哉は懐から押し花を取り出して、それを一瞥《いちべつ》した。

「ふむ。あながち『呪《のろ》いのアイテム』というのは当たっていたかもな。こんな物を持っていたからあんな女に遭遇したのかも知れん」

その言葉を聞いて、私は愕然《がくぜん》とした。

「失敗……失敗よ……!!」

私の口を突いて出る言葉に聖哉は反応した。

「何がだ？」

「アンタを召喚したことが、よ!! 能力値は確かに高いかも知れない!! だけどアンタは最低で最悪の勇者よ!!」

私の目に涙が滲《にじ》む。悔しくて、居ても立っても居られなくて、召喚の間を出ようとした時、聖哉が私に語りかけた。

「それでどうする？ 俺の他《ほか》にケオス＝マキナと戦えるような奴がいるのか？」

「探す‼　今からアンタの代わりの勇者を見つけるわ‼」

「お前は俺のステータスを見た時、一億人に一人の逸材だと言っていたな。すぐに代わりが見つかるとは思えんが」

「意地でも見つけるわよ‼　意気地なしのアンタの代わりなんていくらでもいるんだから‼」

「俺は意気地なしではない」

「意気地なしよ‼　死ぬのが怖いんでしょ‼　だからそんなに慎重に準備したがるのよ‼　違う⁉」

「死ぬのは怖くない。だが俺は死ぬ訳にはいかない。なぜなら俺が死んだらあの町が滅ぶ。そしてやがてはあの世界そのものが滅ぶからだ」

……その言葉にハッとした。

こ、コイツ、そこまで考えて……？　ううん、違う！　違うわ！　騙《だま》されるな！　詭弁《きべん》よ！　コイツは上手《うま》いこと言って意気地なしの自分を自己弁護しているだけなのよ！

キッと聖哉を睨む。だが聖哉は先程までいた場所にいなかった。

部屋着を脱いで、鋼の鎧《よろい》を装着している。

「な、何してるの？」

「決まっているだろう」

「ま、まさか……！」

私は『能力透視』を発動。聖哉のステータスを垣間見《かいまみ》た。

そして……大きく息を呑《の》んだ。

竜宮院聖哉《りゅうぐういんせいや》
Lv：21
HP：4412　MP：2367
攻撃力：932　防御力：990　素早さ：993　魔力：666　成長度：475
耐性：火・氷・風・水・雷・土・毒・麻痺《まひ》・眠り・呪い・即死
特殊スキル：火炎魔法（Lv：18）　獲得経験値増加（Lv：6）　能力透視（Lv：8）
特技：アトミック《原子》・スプリット《分裂》スラッシュ《斬》
　ヘルズ・ファイア《地獄の業火》
性格：ありえないくらい慎重

——こ、この短期間で仕上げてきた……！　本当に魔王軍四天王ケオス＝マキナを凌《しの》ぐ程に……！

鋼の鎧を身にまとった一億人に一人の逸材、竜宮院聖哉は今、射るような眼差《まなざ》しを私に向けていた。

「行くぞ。レディ・パーフェクトリー《準備は完全に整った》」

第六章　奥の手

「それじゃあすぐに助けに行けるように、町の中央に門を出すわね！」

呪文《じゅもん》を詠唱しようとした私の頭を、聖哉《せいや》が『ゴン！』と叩《たた》いた。

「痛っ⁉　な、何すんのよ⁉」

「バカか、お前は。いきなりあの場に登場してどうする。もっと離れた場所にしろ」

「で、でも、それじゃあ助けられない……」

「助ける為《ため》に離れた場所に出るのだ。奴の性格は『残忍』なのだろう？　おそらく奴は俺が現れたのを見た瞬間、男を殺すだろう。人質の意味が無くなるからだ」

そ、そっか。確かに言われてみればそうかも。でも、

「だからっていって女神の頭を殴らないでくれるかな⁉」

私が怒ると聖哉は珍しく落ち込んだ様子を見せた。

「わかった。今度からは気をつけよう」

あらっ？　な、何だか素直ね？

「わ、わかってくれたら……いいけどさ……？」

しおらしげな聖哉の顔に少しだけキュンとしてしまう。だが聖哉は私の頭を叩いた自分の手を心配そうにじっと見詰めていた。

「妙な雑菌が付いたかも知れん」

「⁉　付いてねーよ‼」

私も殴ってやろうかと思ったが、ダメよ、ダメダメ、私は女神！

どうにか気持ちを入れかえた後、呪文を詠唱したのであった……。


大事を取って二十メートルは離れた場所に門を出現させた私と聖哉は、道具屋の物陰からケオス＝マキナの様子を窺《うかが》っていた。

見晴らしの良い町《い》の広場でニーナの父親の首に大剣を当てている。巻き込まれるのを恐れてか周りに人影は全くない。ただニーナだけが父親の目の前で泣き叫んでいた。

一つ大きな欠伸《あくび》をした後、ケオス＝マキナは呟《つぶや》く。

「うーん。十分って結構長いわねー」

そしてチロリと赤い舌を出した。

「やめた、やめたー。五分にするわー。この男は、もう殺してしまいましょう」

ニーナがより一層大声で叫ぶ。それと同様、私も焦って聖哉の肩を揺すった。

「ま、ま、マズイよ‼　早く助けに行かないと‼」

物陰から出て、ニーナのもとに駆けつけようとした私を、

「待て」

聖哉が止めた。振り返ると、既に鋼の剣を鞘《さや》から抜き、中段に構えている。

「な、何してるの？」

「離れていろ」

こんな遠くから一体何を？　二歩後ずさりながらも聖哉を見る。すると構えた剣の周りの空間が歪《ゆが》んでいるように見えた。

「ウインド・ブレイド《裂空斬》……！」

次の瞬間、聖哉は二十メートルは離れたケオス＝マキナに向かい、剣をなぎ払うように振るった。剣から解き放たれた空間の歪みがケオス＝マキナへと向かう。

……こ、これはひょっとして空気を刃《やいば》のようにして飛ばす真空波のような技⁉　で、でも聖哉ってそんな特技あったっけ⁉

ケオス＝マキナを狙《ねら》った真空波は高速だったが、低い位置を這《は》うようにして進んだ為、土煙を上げていた。それに気付いたケオス＝マキナは余裕でステップし、体をかわす。ケオス＝マキナの足下の土が大きく爆《は》ぜただけだった。

真空波が発射された方向にいる私達を見て、ケオス＝マキナは笑った。

「ふふふふ。来ると思っていたわー。それにしても何よ、今のはー？　逃げたり不意打ちしたり、騎士道精神に欠けるわよー？」

「アンタにだけは言われたくないわっ！」

人質を取る卑怯《ひきょう》な相手に私は嫌みをぶつける。すると、ケオス＝マキナはまたも楽しそうに笑う。

「でも不意打ちは残念だったわねー。当たらなかったわよ、それー」

「……元より当てるつもりはない」

私と聖哉はケオス＝マキナに歩を進め、対峙《たいじ》する。そして私達の背後には抱き合うニーナとその父親がいた。

「パパー‼　うわあああああん‼　よかった、よかったよー‼」

「た、助かりました‼　ありがとうございます‼」

礼を言う父親を振り返りもせず、聖哉はシッシッと手を払う。父親は悟ったのか、頭を下げた後、ニーナを抱いて遠くへ逃げた。

「ああ、そういうことかー。なるほど、なるほどー。まんまとしてやられたって訳ねー」

私達が人質救出を優先させたことを知ったケオス＝マキナは、それでもニヤニヤと笑っていた……が、やがて目前に佇《たたず》む聖哉を見て、顔色を変えた。

「これは……何があったのかしら。一刻前とは別人じゃないの」

血のような赤い瞳《ひとみ》が聖哉を睨《にら》む。

「信じられない。私の能力値を超えている。一体どうなっているの……」

狼狽《ろうばい》するケオス＝マキナに私は声を上げる。

「へぇ！　アンタも能力透視、出来るんだ？　それで見たの？　聖哉のステータス？　ふふん！すっごいでしょ！　さぁ、負けを認めるなら今のうちよ！」

その時、私は「ざまあみろ！」と言ってやりたいくらいに良い気分だった。しかし、その気分は瞬く間に打ち崩される。

ケオス＝マキナは一転、先程と同じように余裕の笑みを浮かべた。

「それじゃあ私もちょっとだけ本気でやらないとねー」

「えっ？」

「『封印解除《リリース》』……！」

呟いた途端、ケオス＝マキナの体から溢《あふ》れ出る漆黒のオーラ。同時に額に血のように赤い魔族の紋章が浮かび上がる。

「ふふふ。一瞬、勝った気になったかしらー？　でも残念ねー。教えてあげるわー。戦闘の達人はねー、常に奥の手を隠しているものなのよー」

い、イヤな予感しかしない！　だけど、私はおそるおそる能力透視を発動した……。

ケオス＝マキナ
Lv：66
HP：5511　MP：227
攻撃力：1128　防御力：1199　素早さ：1060　魔力：517　成長度：653
耐性：風・水
特殊スキル：魔剣（Lv：18）
特技：デモニック・カースド《魔神呪殺剣》
性格：残忍

そ、そんな……!!　攻撃力、防御、素早さも1000を超えている!!　HPも跳ね上がって!?

せ、せっかく追いついたと思ったのに、これじゃあ……

「さぁ、楽しませてねー、勇者様？」

言うや、ケオス＝マキナが大剣を振りかぶり、聖哉に向かって急発進。

「せ、聖哉っ!!」

私が叫ぶのと、大剣が聖哉の首を狙うのとは、ほぼ同時だった。だが聖哉が反応している。上体を後方に反らすと大剣は空振り。ホッと安堵《あんど》したのも束《つか》の間、

「まだまだー！　ドンドンいくわよー！」

ケオス＝マキナは巨大な大剣を小枝を振るように軽く扱い、聖哉に斬撃《ざんげき》を喰《く》らわせようとする。斬《き》り付け、なぎ払い、突く……。私はハラハラしつつ、その光景を眺めていた。だが、敵の剣は聖哉の体に触れることはなかった。

「んんー？　まだ私の動きに付いてこられるのねー？　アナタってばひょっとして勘が鋭いのかしらー？」

一旦《いったん》、攻撃を止《や》めて、距離を取ったケオス＝マキナ。

そして私は心の中でガッツポーズだ。

そ、そうよ！　これはゲームじゃない！　ステータスの数値が高い方が必ずしも勝つとは限らないわ！　勝負には『第六感』や『駆け引き』といった色々な要素が加味されるのよ！

「うーん。面倒くさい、面倒くさいわー。けれど、念には念を入れておくとしましょうか……」

大剣を傘のようにクルクルと回しながら、ケオス＝マキナは私に向かって言う。

「ねえ、女神様は私のステータス、見たのよねー？」

「見たわよ！　それが何？」

「じゃあ、今から私の特技『デモニック・カースド《魔神呪殺剣》』を見せてあげましょうねー」

た、確かにそんな特技があったわね！

私は聖哉に叫ぶ。

「聖哉！　気をつけて！　必殺技が来るわ！」

注意を促すが、ケオス＝マキナは大剣を中段に構え、なぜかグリップを反転させた。

「えっ⁉」

私は驚く。ケオス＝マキナが、大剣の切っ先を自分の腹部へと向けていたからだ。

「久し振り、久し振り、久し振りよー。人間相手にこれを見せるのは……。そして、教えてあげるわ。本物の戦闘の達人は『奥の手の中に更にもう一つの手を隠し持っている』ものだということを……」

そして、何と！　大剣で自分の腹を掻《か》っさばく！　裂かれた腹から黒い血液がボドボドと滴り落ちる！

「うわわっ⁉　な、な、何やってんの、アンタ⁉」

「こ、これが……『デモニック・カースド《魔神呪殺剣》』よ……！　ふふふ……ふふふふ……！　圧倒的な力で……勇者に確実な死を……！」

「がはっ！」と激しく吐血し、絶命したかのように目の輝きを失い、カクンと首が垂れる。

「……な、何なの⁉」

ピクリともしないケオス＝マキナ。だが、切り裂いた腹部に動きがあった。

突如、ケオス＝マキナの腹から人間のものとは思えぬ巨大な腕が『ぬっ』と現れる。漆黒の両腕は腹を更に引き裂き、中にある何かを出そうとしていた。

「ひいっ……！」

私は小さく呻《うめ》く。

不気味で異様な光景だった。私とほぼ同じ身長のケオス＝マキナの腹部から、やがて身の丈三メートルはあろうかという生物が這い出してきたのだ。

……頭部から生えた二本の角。裂けた口から覗《のぞ》く牙《きば》。筋骨隆々な漆黒の体軀《たいく》。長き尻尾《しっぽ》。背負う黒き翼。

それは巨大な悪魔であった。

第七章　完全なる病気

「これが……ケオス＝マキナの本体……‼」

目の前に現れた異形から溢れ出る邪悪なオーラに飲み込まれそうになる。

お、落ち着け、私！　案外、見かけ倒しかも知れないわ！

そして能力透視を発動。私は目を大きく開いて、黒色《こくしょく》の悪魔を見据えた……。

グレイターデーモン
Lv：66
HP：15100　MP：424
攻撃力：3577　防御力：3229　素早さ：3847　魔力：548
耐性：火・風・水・土・毒・麻痺《まひ》
特殊スキル：全魔力攻撃力転化（Lv：15）　飛翔《ひしょう》（Lv：10）
特技：デモニック・デリート《魔神滅殺拳》
性格：残忍

……私の両脚はガクガクと震え出す。

う、う、嘘《うそ》でしょ⁉　こ、こんなステータス……難度Dクラス世界の魔王を超えているじゃない‼

絶望が私の体全てを覆い尽くした。元々、薄かった勝率がこれで完全に消滅してしまった。

私は先程、こう思った。『ステータスの数値が高い方が必ず勝つとは限らない』と。だがそれは、あくまで互いのステータス値に大きな開きがない場合である。聖哉《せいや》の攻撃力、防御力、素早さは全て1000未満。対してケオス＝マキナは3000を超えている。たとえどんなに勘が鋭くても、もしくは、どんなに類《たぐ》い希《まれ》なる戦闘のセンスを持っていようとも、素早さが相手の三分の一しかなくては有無を言わさず攻撃を喰らってしまうだろう。そして、それは聖哉の死を意味する。

私の青ざめた顔を見たのか、ケオス＝マキナ……いやグレイターデーモンは金色に光る目を細めた。

「理解したか⁉　能力差は歴然‼　勇者よ‼　もはやお前に勝機はない‼」

女性の声から打って変わって唸《うな》るような低い声を出した後、ナイフのような爪を持つ右腕を大きく掲げる。

「一撃だ‼　一撃でお前の首を胴体から切り離してやる‼」

そして大きな体を屈《かが》めたかと思うと『ドンッ！』と激しい音を立て、両足で地を蹴《け》った。その刹《せつ》那《な》、腕を振りかぶったグレーターデーモンが既に聖哉の目前まで至近している！

……その瞬間、私は思わず目を閉じた。自分が召喚した勇者が殺されるところを見たい女神などどこにいるだろう？

――ごめんなさい、聖哉。アナタは本当に逸材だった。だけど、難度Sの異世界ゲアブランデでは魔王の配下でさえ他世界の魔王並みの力を持っていた。まさかこれ程までに恐ろしい世界だとは思わなかった。そう……無理だったのよ。私にこの世界を救うなんて……。

絶望、後悔、諦観《ていかん》……やがて私は目を開き――そして驚愕《きょうがく》した。

聖哉は平然と佇んでいた。首も切り離されてはいないし、体のどこも鋭利な爪で切り裂かれていない。そしていつものように、つまらなそうな顔をしている。

「か、かわしただと⁉　な、何故《なぜ》だ⁉　こんなバカな‼」

私同様、ケオス＝マキナは驚愕していた。そして得体の知れない者を前にして、次の攻撃を逡巡《しゅんじゅん》している様子だった。

その間に私は思考を巡らせる。

ど、どうして⁉　どうしてこんなことが⁉　もう第六感なんかで攻撃を避《よ》けられるレベルをとうに超えているのに⁉

……その時、不意に。私の脳裏に、聖哉がニーナの父親を救った光景が蘇《よみがえ》った。あの時、見せた特技『ウインド・ブレイド《裂空斬》』。私は以前ステータスを見た時、あの特技を見落としていたのだと思った。

だが、見落としていなかったとしたら？

ステータスにない特技を聖哉が繰り出したのだとしたら？

そこから導かれる結論は一つ！

能力透視で私やケオス＝マキナが見ていた聖哉のステータスは彼本来のステータスではないということ！　つまり……

――『偽装《フェイク》』のスキル発動‼

私は聖哉を見やる。そして自分の持つ女神の力全てを両目に集中させてから、能力透視を発動した。

すると、ステータスの代わりに私の視界にこんな文章が現れた。

『見るな』

えっ……な、何コレ……？　そ、そうか！　聖哉が持つ『偽装』のスキルよりレベルが低い『能力透視』だとステータスが見られないようプロテクトされているのね！　で、でもコレで聖哉がステータスを偽装していることが確定したわ！

私はより集中して、目を凝らす。また新たな文言が現れた。

『見るなと言っているのに。特にリスタは絶対に見るな。のぞきは犯罪だ。この変態女神』

ぐうっ⁉　名指しで書いてきた⁉　わ、私に見られるのを見越していたというの⁉　つーか、誰《だれ》が変態よ‼　こうなったら意地でも見てやるんだから‼　もっと能力透視のレベルを上げてやるっ‼

私は私の持つ全ての力を両目に注いだ。

唸れ‼　私の『メガミック・パワー《女神力》』‼　ってか、くっほおおおお⁉　目が、目が、痛いいいいいい⁉　目玉が飛び出そう‼　で、でも我慢、我慢よ、リスタルテ‼　アナタはやれば出来る子なのよおおおおお‼

全メガミックパワーを費やした結果、ガラスの割れるような音が私の心の中で鳴り響いた。遂に聖哉の『偽装』が解けたのである。

私はゼイゼイと息を切らしつつ、聖哉の本当のステータスを垣間見《かいまみ》た……。

竜宮院聖哉《りゅうぐういんせいや》
Lv：37
HP：51886　MP：8987
攻撃力：11005　防御力：10369　素早さ：9874　魔力：4787
成長度：563
耐性：火・氷・風・水・雷・土・毒・麻痺・眠り・呪い・即死・状態異常
特殊スキル：火炎魔法（Lv：MAX）　爆炎魔法（Lv：5）　魔法剣（Lv：7）
　獲得経験値増加（Lv：11）　能力透視（Lv：15）
　偽装（Lv：20）　飛翔（Lv：8）
特技：アトミック・スプリットスラッシュ《原子分裂斬》
　ヘルズ・ファイア《地獄の業火》

マキシマム・インフェルノ《爆殺紅蓮獄》
ウインド・ブレイド《裂空斬》
フェニックス・ドライブ《鳳凰炎舞斬》
性格：ありえないくらい慎重

……げえええええええええええ!?　な、な、な、何じゃこりゃああああああ!?　統一神界で見た数値の五倍……いや十倍以上!?　こ、ここまでステータス上げる、普通!?　スキルも特技も増えてるし……ってか、待って待って!!　これって流石《さすが》にあの短期間じゃ無理よね!?　ってことは何!?　最初の修行が終わった段階から、聖哉は『偽装』のスキルを発動していた!?　つまり、つまり、ケオス＝マキナに出会った時、既にケオス＝マキナを上回るステータスを持っていて、それなのに慎重を期して敵前逃亡したというの!?　そして更に召喚の間で修行をして……!?

グレーターデーモンのステータスを見た時以上に私は激しく震えながら、目の前に立つ男を眺めていた。

――ぴょ、病気!!　これはもう完全なる病気!!

おののく私と裏腹にグレーターデーモンは覚悟を決めたようだった。
黒い翼を広げ、空高く舞い上がる。やがて空中で停止し、そこから大声で叫ぶ。
「ならば!!　ちょこまかとかわすことの出来ない技をお見舞いしてやろう!!　全ての魔力を拳《こぶし》に乗

せ叩《たた》き付ける奥義『デモニック・デリート《魔神滅殺拳》』で、この町もろとも塵《ちり》と化すが……」

だが、そこまで叫んでグレーターデーモンは言葉を止めた。空中から見下ろした先程の位置に、聖哉がいなかったからだ。

グレーターデーモンは自分の隣で空中停止している聖哉に気付くと、目を大きく見開いた。

「な、何だ……と‼　『飛翔』のスキルだと⁉」

空中にいる筈《はず》のない勇者と対峙《たいじ》し、愕然とするグレーターデーモンを見上げながら、私は心の中で独りごちていた。

――魔王軍四天王ケオス＝マキナ。アナタは強い。ものすごく強い。奥の手を二つも隠し持つ、用意周到な戦闘の達人よ。普通の勇者なら此処《ここ》でアナタにやられて即座に退場だったでしょう。でもね……今回は相手が悪かった。だって……だって……

今。グレーターデーモンの前には同じく空高く舞い上がり、剣を構えた勇者がいた。そして構えた剣の刀身が火を放ちながら赤く燃えている。上級スキル『魔法剣』の発動である。

魔法剣を見て、顔を大きく歪《ゆが》ませたグレーターデーモン。同時に聖哉が口を開く。

「喰《く》らえ……全てを焼き尽くす灼熱《しゃくねつ》の剣技……『フェニックス・ドライブ《鳳凰炎舞斬》』……！」

残像の残る驚異的なスピードで聖哉が炎の剣を乱れ振るう。すると瞬く間にグレーターデーモンの体表には赤く光る格子状の線が刻まれる。その後、固まったように微動だにしないグレーターデーモン。聖哉が剣を鞘《さや》に納め、グレーターデーモンから離れたところで再度、空中停止する。途端、グレーターデーモンの体に無数に刻まれた格子がより赤く輝きを放ち、次の瞬間、耳朶《じだ》を震わす轟《ごう》音《おん》を放ち、大爆発した。

地上にて爆発の熱風を浴びながら、私は思う。

——だって……この勇者は……ありえないくらい慎重すぎる‼

第八章　奥義炸裂《さくれつ》

空中で爆発したグレーターデーモンが、幾つもの小さな消し炭に変わり果て、辺りに飛散し、落下してくる。本体が焼死したせいなのか、抜け殻となった女の体も同じように真っ黒な消し炭となって、崩れるように朽ち果てた。

やがて空中からヒラリと華麗に舞い降りた勇者に私は駆け寄る。

「聖哉《せいや》ぁっ!!」

普段通りの淡泊な表情で振り向いた聖哉に、思い切り抱きついた。

「……何の真似《まね》だ？　俺を絞め殺すつもりなのか？」

「そんなつもりじゃないよ!!　嬉《うれ》しいの!!　だって、もうダメかと思ったんだから!!」

興奮し、そう叫んだ後、聖哉の胸に顔を埋《うず》める。鋼の鎧《よろい》が邪魔だが、それでも聖哉の体のぬくもりは充分に感じられた。

くんくん！　ああ、すっごい良《い》い匂《にお》い！　ヤッベ！　コレ、ヤッベ！　くんかくんか！

「やめろ。離れろ。変な病気がうつる」

「やだ！　やめない！」

いつものように悪態を吐《つ》かれても私は負けなかった。むしろ『病気をうつしてやる』――そんな気持ちで聖哉に抱きついていた。いや、別に病気じゃないけど。

充分に抱擁を満喫した後、腕の力を緩め、ふて腐れた顔で聖哉を見上げる。

「でもね、聖哉！　私、ちょっと怒ってるんだから！　アナタ、偽装《フェイク》のスキル持ってること、私に言ってなかったでしょう？　一体いつから隠してたのよ？」

すると聖哉は溜《た》め息《いき》混じりに言う。

「味方のお前に俺のステータスが丸見えだということは、敵にもバレるのは自明の理。最初お前に出会って召喚の間に入った時『まずはこの弱点を何とかせねば』と思いトレーニングをした。程なくして『偽装』のスキルを手に入れたという訳だ」

ってことは、やっぱり初めて修行を終えた時には既にステータスを偽装していたのね……。

私はあえて悲しい表情を作り、聖哉を見詰めた。

「敵にバラしたくない気持ちは分かるよ？　でもさ。せめて私には教えてくれてもよかったんじゃない？『見るな』とか、あんなプロテクトまでしてさ？　ちょっと寂《さみ》しかったよ。私、聖哉のパートナーなのにさ……」

すると聖哉は心なしか申し訳なさそうな顔をした。

「お前が喋《しゃべ》らなかったとしても、もし万が一、お前の脳を開けて記憶を読み取る魔物がいたら、俺のステータスがバレてしまうからな。念には念を入れておいたのだ」

「い、いるかな、そんな魔物……いたらヤダな……」

そして私はもう一度、力を込めて聖哉に抱きつく。

「怖い‼　その時は聖哉が守ってね‼」

「お前は女神だから死なないのだろう。守る必要はない」

「やだやだ！　守って！」

「いい加減にしろ。切り刻むぞ」

それでも私は離れなかった。グレーターデーモンを瞬殺した剣技が私の脳裏に焼き付いていた。ホントにあの時の聖哉は勇者っぽくて超カッコ良かった。今、思い出してもウットリしてしまう。

私は、にやけ顔で聖哉の整った顔を眺める。

うふうふ！　黙っちゃって！　ひょっとして照れてるのかしら？　クールな振りしても、まだまだ若い男の子だもんねー！

だが私は気付く。聖哉は『後ろを見ろ』とばかりにアゴをしゃくっていた。

「え……？」

振り向くとエドナの町の人、数十人が私と聖哉を取り巻き、無言のまま『ジ――――ッ』とこちらを眺めていた。

「ひゃあっ⁉」

驚き、すぐさま聖哉から離れる。その途端、話しかけるタイミングを待っていたように町の人達が声を上げた。

「勇者様‼　町を救って頂き、ありがとうございます‼」

「あの恐ろしい悪魔を退治してくださり、ありがとうございます‼」

老若男女の歓声が私達を包む。さらに女性達のヒソヒソ話も聞こえる。

「それにしても、なんて高貴なお顔立ちなのかしら……！」

「背も高くて、素敵なお方ね……！」

町の女性は聖哉のルックスにやられてしまったらしい。

さらに中には、自分の店のものを私達に差し出す人もいた。

「僕、果物屋のジェイミーって言います‼　コレ、ウチの果物です‼　よかったら食べてください‼」

鳶色《とびいろ》の髪の純朴そうな青年が差し出す橙色《だいだいいろ》の果物を私は笑顔で受け取った。

やがて人の群れを押しのけて、一人の小太りの男が現れ、満面の笑みを見せた。

「町長のグラハムと申します！　是非とも歓迎の宴《うたげ》を開きたく思いますので、私の館に来てください！」

「歓迎だって！　ねえ、どうする聖哉？　行ってみる？」

私は微笑《ほほえ》むが、聖哉は首を横に振る。

「ダメだ。俺にはまだやることがある」

うーん！　聖哉ったらなんてストイックな勇者なの！　世界を救う為《ため》、すぐに次の町に向かうつもりなのね！　もう私、完全に惚《ほ》れちゃいそうよ！

そんな私の思惑とは裏腹に、聖哉は剣を抜いて、それをホウキのように使って、空から飛散したグレーターデーモンの消し炭を一箇所に集め始めた。

「な……何やってるの？」

「念の為だ」

聖哉は左腕を消し炭に向け……そして呟《つぶや》く。

「ヘルズ・ファイア《地獄の業火》……！」

途端、聖哉の手から紅《あか》く猛《たけ》る炎が溢《あふ》れ、対象である消し炭に向かう。

突然、現れた地獄の業火に、私のみならず町の人達も喫驚《きっきょう》した。「うわ、あっつ‼」と誰《だれ》かが叫んだ。どうやら熱風を浴びたらしい。皆、咄嗟《とっさ》に聖哉から距離を取った。

すると聖哉はさらに火力を強める。

「ヘルズ・ファイア《地獄の業火》……ヘルズ・ファイア《地獄の業火》……ヘルズ・ファイア《地獄の業火》、ファイア、ファイア、ファイア、ファイア、ファイア、ファイア、ファイア、ファイア、ファイア、ファイア」

呪文《じゅもん》の連呼で町の中央に巨大な火柱が立った。私は居ても立ってもいられなくなって叫ぶ。

「いやコレ、何の祭り⁉　もうやめなよ‼」

だが聖哉はやめない。消し炭を丹念に燃やしながら呟く。

「奴《やつ》は四天王……細胞一つ残しても再生するかも知れん……！　無に帰さなければ……！」

「せ、聖哉、もう充分だって！　それに……周りを見なよ？　町の人達、ドン引きしてるよ？　いくら四天王でも、ここまで燃やし尽くされちゃあ再生なんか絶対に出来ないって！」

「……よし」

遂に聖哉が魔法を止《と》めた。

ふう、ようやく終わったみたいね——と安堵《あんど》したのは束《つか》の間。聖哉は粉々になった消し炭に向かい両腕を広げた。

「トドメだ……奥義『マキシマム・インフェルノ《爆殺紅蓮獄》』……!!」

聖哉の両手から発せられたヘルズ・ファイア《地獄の業火》よりも強力な灼熱の炎が、大蛇が獲物を巻き込むようにして、粉々の消し炭に襲い掛かる。そして消し炭を捕らえると同時に爆裂。消し炭の周り半径十メートルに亘《わた》り、凄《すさ》まじい爆炎が広がった。

「!! 何してんだ、お前ええええええ!?」

女神であることを忘れ、私は大声で、がなり立てた。だって消し炭に奥義使う!? この人、気は確か!? 脳みそ大丈夫!?

……さっきは恰好《かっこう》良いと思った。興奮して抱きついた。本当に惚れてしまいそうだった。だが……そうだった。この男は病気だった。

高度な爆炎魔法の詠唱でエドナの町は阿鼻叫喚《あびきょうかん》の巷《ちまた》と化した。

「や、やめてくれ! うちの店に火が移る!」

「熱い! 熱いよ! 誰か助けておくれ!」

「お、おい! アレを見ろ! 果物屋のジェイミーが燃えてるぞ!」

私は先程、果物をくれた青年が炎に包まれ、のたうち回っているのを見て、聖哉の肩を激しく揺さぶった。

「もうやめろおおおおお!! ジェイミーさん、燃えてっからあああああああ!!」

だが、やめない。私はイフリート《炎の魔神》から手を放し、ジェイミーさんのもとへと向かった。とにかく背中をバンバンと叩《たた》き、服に付いた火を消した後は回復魔法を詠唱し、ジェイミーさんの背中の火傷《やけど》を癒《い》やす。

……数分後。何とか事なきを得た後、振り返ると、聖哉は未《いま》だに一生懸命、消し炭を燃やしていた。

「テメ――――ッ!! いつまでやってんだァ――――ッ!!」

私の怒号を浴びても、聖哉は鷹《たか》のように鋭い目を小さな消し炭へと向けていた。

「まだだ……! 完全に消滅させないと安心出来ん……!」

やがて町長が泣きながら絶叫した。

「頼む……頼むから……町を出ていってくれえええええええええええええええ!!」

第九章　旅の前に

「……何でこうなるのよ‼」

エドナの町の外れで私は聖哉《せいや》に怒りをブチ撒《ま》けていた。消し炭が完全にこの世界から消滅した後で、私達を待っていたのは町の人達の怨嗟《えんさ》に満ちた眼差《まなざ》しだった。気まずくなった私は、愛想笑いで聖哉の背中を押し、その場から逃げるように立ち去ったのであった。

「せっかく感謝されてたのに、アレじゃ全く意味ないじゃん‼　勇者どころか魔王みたいだったじゃん‼　私、さっき子供に石ぶつけられそうになったんだからね⁉」

だが聖哉は私の言葉など意にも介していなかった。冷たい声でボソリと言う。

「ケオス＝マキナから助けてやったというのに。この世界の人間は情のない奴らが多い」

「情がないのはアンタだよ‼　ジェイミーさん、アンタのせいで燃えたんだよ⁉　せっかく貰《もら》った果物も見てよホラ！　こんなにこんがり焼けちゃって！　もう食べられないよ！」

「それは知らん」

聖哉はスタスタと私の前を歩き続けた。

し、信じられない！　あんな事件を引き起こしておいて、この態度！　ちょっとでもカッコいいと思った私がバカだった！　いくらルックス良くても、やっぱ最低だわ、コイツ！

イライラしつつ、町の出口付近まできた時、誰かが走り寄る足音が聞こえた。振り向けば、ニーナとニーナの父親である。息を整えつつ、ニーナの父親が私達に頭を下げた。

「す、すいません。せっかく町を救って貰ったのに、何だかさっきはあんな感じになっちゃって……で、でも皆、急な炎にビックリしちゃったんだと思います……」

私は「いえいえ」と首を振る。

「仕方ないですよ。悪いのは全てこちらですもの。だって店を燃やして、それからあと、町の人も燃やしたんですから」

言っていて悲しくなる。とても勇者のやることとは思えない。というか正気の沙汰《さた》とは思えない。

「と、とにかく、助けて貰ったお礼も出来ていなかったので後を追って来たんです！　間に合ってよかった！」

そしてニーナの父は聖哉に袋を差し出した。

「これ、僅《わず》かですが気持ちです！　どうか受け取ってください！」

「ほう、金か。武器や道具を買う為に金はあるに越したことはない。貰っておこう」

今までそっぽを向いていた聖哉だったが、渡された袋の中身を覗《のぞ》き見て、目の色を変えた。

「ちょ、ちょっと聖哉！　勇者なんだから少しは遠慮ってものを、」

しかし勇者は銀貨を手の平の上に載せて、眉間《みけん》にシワを寄せた。

「むう。思ったより少ない。もっとないのか？　ありったけ寄越《よこ》せ」

「!?　もう勇者じゃないよ!!　ただの強盗だよ!!」

私は叫ぶが、ニーナの父親は苦笑いしつつ、ポケットからも小銭を出し、聖哉に差し出した。

絶句する私にニーナが純真な笑みを見せる。

「あははっ！　私、知ってるよ！　おにいちゃんは心の病気だけど、本当はいい人なんだよ！」

私はニーナの肩に手をやり、どうにか笑顔を繕った。

「ニーナちゃん。半分当たりで半分ハズレよ。病気なだけ。いい人じゃあないわ……」

「黙って聞いていれば何を言う。俺は病気などではない」

「正常な人間が町の人燃やして、金巻き上げるかよっ!!　ああっ、もう!!　恥ずかしいっ!!　さっさと次の町に行くわよ!!」

私は二人に頭を下げると、とっとと聖哉の手を引いた。

ニーナが背後から大声で叫ぶ。

「ありがとう、おねえちゃん！　ありがとう、病気のおにいちゃん！　本当にありがとう！」

「こ、これっ！　ニーナ！　そういうことを言ってはいけない！」

父親に叱責《しっせき》されても笑顔で手を振るニーナに見送られ、私は気まずさＭＡＸでエドナの町を後にしたのだった。


しばらく黙って歩いていると、聖哉が受け取った金を懐に仕舞おうとしていた。背後から白い目でその様子を見ていると、聖哉の胸元から何かが落ちた。

……それは以前、ニーナに貰った押し花だった。

「あら、聖哉。その押し花まだ持ってたの？　敵を呼ぶ呪《のろ》いのアイテムとか言ってなかった？」

「まぁ、よく考えるとその方が好都合だからな。向こうから敵が攻めて来る方が御しやすいというものだ」

そして聖哉は金と一緒にそれを懐に仕舞った。

「……ふーん」

「何だ？」

「いえ、別に」

――何考えてるのか、全く意味不明。ホント、わかんない男。まぁ、でも……いっか。

ほんの少しだけ怒りの薄れた私は、気を取り直して明るい口調で聖哉に話しかけた。

「じゃあ、とにかく次の町へ急ぎましょう！　大女神イシスター様の情報だと、このまま北にずっと歩けば見えるセイムルの町に、アナタの仲間になる人物がいるらしいわよ！　何だか楽しみね！」

だが、しかし。聖哉は足を止めて立ち止まり、きっぱりと断言する。

「やはりダメだ。まだ早い」

「はっ!?　えっ、えっ、まだ早い、って、えっ!?」

「一度、神界に戻る」

「!!　嘘《うそ》でしょ!?　何で!?」

「無論、トレーニングだ」

「はあああああああああああ!?　また召喚の間で筋トレするの!?」

「うむ。よくよく考えれば、四天王ケオス＝マキナを倒したと知れば、敵はさらにもっと強い者を差し向けてくるだろう。次の町に行く前に入念に準備しておかねばならん」

「い、いやそれはそうかもだけど、聖哉のステータスだったら、よっぽど大丈夫だと思うよ？」

「憶測でものを言うな。次も勝てる保証などない。そして保証がない以上、こちらとしては常に最高のコンディションにしておかねばなるまい」

「で、でも次の町に行かないと仲間も出来ないし、それに強い武器や防具も手に入らないよ？　それは流石《さすが》に困るでしょ？」

するど聖哉はアゴに手を当て、考えているようだったが、

「仲間はともかく、確かに武器や防具は欲しいな。お前は創造出来ないのか？　以前、召喚の間で俺のベッドなどを作ったろう？」

「女神の創造の力は神界でしか使えないのよ。勿論《もちろん》、作った物を下界に持ち出すのも禁止。そういう過度な人間への援助は神の法に背くことになるの」

話を聞いて、聖哉は顔を歪《ゆが》めた。

「……使えん女だ」

「なっ!?　何よ!!　サポートならしっかり出来るわよ!!　私の治癒魔法、見たでしょ!?　アンタが燃やしたジェイミーさんの火傷もすっかり治したのよ!!」

「あんなもの薬草があれば充分だ。つまりお前の存在価値は薬草レベルだということだ」

「誰《だれ》のアイデンティティが薬草よ!!」

「とにかく。まずは統一神界に戻り、修行する。嫌ならお前一人で次の町へ向かえ」

「わ、私一人で次の町行っても意味ないじゃん……何言ってるの……」

「ならば早く神界への門を出せ。この薬草女」

「わ、わかったわよ……ってか待って!!　今なんつった、オイ!?」

第十章　剣神

「……それで、また帰ってきたのね」

「もうホント慎重すぎなんだって、あの子。いや慎重ってか、心配性ってか、病気ってか」

私はまたもアリアの部屋で愚痴をこぼしていた。

神界には様々な女神がいて、その中にはイヤミな女神だっている。だがアリアは私にいつも優しい。私がこの統一神界に生まれ出《い》でた時より、ずっと優しい。そう、大女神イシスター様が母のような存在なら、アリアはさしずめ私の姉といったところだ。

胸元の大きく開いたセクシーなドレスに身を包んだ先輩女神のアリアドアは、いつものように優雅に紅茶を飲んでいた。

男神達を虜《とりこ》にする推定Gカップの胸の谷間をチラ見して、悔しくなる。いや、私だってDはあるけど。色気だってそれなりにあるつもりだけど。

――外見も、そして経験でも、アリアには何一つ敵《かな》わないのよね……。

まぁ、それは仕方ない。アリアは数千年も前に統一神界に生まれ、数々の異世界に勇者を召喚し救ってきているベテラン女神。対して私は生まれてまだ百年ちょっとで救った異世界僅か五つの新米女神なのだ。

「あーあ。私もさっさとゲアブランデを攻略して、アリアみたいな上位女神になりたいなー」

「私なんかを目標にしちゃダメよ」

「いやいや何を仰《おつしや》いますか！　三百もの世界に勇者を召喚して、その全てを救ってきた超ベテランのアリアドア様が！」

冗談っぽくそう言うと、アリアは少し悲しげに微笑《ほほえ》んだ。

「いいえ。全てじゃあない。救えなかった世界もあるわ」

確かに話は聞いている。アリアにも、どうしようもなかった世界があるらしい。ただ、それは……。

「三百のうちのたった一つでしょ？　それは仕方ないですよー」

笑いながら言う私にアリアは真剣な表情で告げる。

「違うわ。リスタ。その世界に住む人達にとっては、それが唯一の世界なのよ。仕方ないでは済まされないわ」

「い、いや、分かってますよ。分かってますけど……でもやっぱり凄《すご》いですよ。失敗したのが三百分の一だなんて」

だがアリアは首を小さく振る。

「難度Bの世界だった。決して難しい攻略ではなかった。なのに……。あれは私のミス。一生背負って行かなければならない十字架なのよ」

「え、えーっと」

何やら暗くなってしまったので、私は話題を戻した。

「そ、そういや、あの慎重勇者！　戻ってきてから一日中、召喚の間に、こもりっぱなしなの！ホント困っちゃう！」

「……また例の筋トレ？」

「そうそう！　アレ、筋トレだけが生き甲斐《がい》の脳筋なのよ！」

私がおどけてみせると、アリアはいつものように優しく微笑んだ。

ふぅ。明るくなってくれてよかった……。

アリアが空のティーカップを持って立ち上がる。

「私は紅茶のお代わりを淹《い》れるわ。リスタもいるかしら？」

「あ。じゃあ貰《もら》おうかな」

……まさにその時。『バン！』と部屋のドアが激しく音を立て、開かれた。

ビックリして扉の方を見た私は、更に驚愕《きょうがく》した。

そこに部屋着姿の聖哉《せいや》が立っていたからである！

アリアも仰天したのだろう。聖哉を見た途端、紅茶のカップを床に落として割ってしまった。だが聖哉は気にもせず、私を見て、声を上げる。

「此処《ここ》にいたか。捜したぞ」

事も無げに私に近付いてくる聖哉に叫ぶ。

「ちょ、ちょっと、聖哉!?　此処、女神の部屋なんですけど!?　勝手に入らないでくれる!?　アリアだってビックリしてティーカップ割っちゃったじゃないの‼」

「い、いいの……いいのよ……リスタ……」

そしてアリアは聖哉の方に歩み寄った。アリアの瞳《ひとみ》が潤んでいるのがチラリと見えた。

ええっ⁉　アリアまで聖哉のルックスにやられちゃったの⁉　こ、この男、外見だけはいいから
な‼　でもアリアを、そそのかしたらただじゃおかないんだから‼　この女たらし‼　いや女神た
らしっ‼

私は心中、憤る。だがアリアは熱っぽい眼差《まなざ》しで聖哉をジッと見詰めていた。

「アナタが……リスタの召喚した勇者なのね……」

「誰だ、お前は？」

失礼な物言いに面食らったのだろう。アリアは一瞬、表情をこわばらせたが、その後、咳払《せきばら》いす
ると、いつもの慈愛に満ちた微笑を見せた。

「私はアリア。封印の女神アリアドアです。一体どうしたのですか？」

初対面の女神に言おうか言うまいか少し躊躇《ためら》っている様子の聖哉だったが、やがてゆっくり口を
開いた。

「いくら腕立てしても、腹筋しても、もう前ほどレベルが上がらないのだ……」

聖哉は困っているが、私は心の中で「よっしゃ！」と叫んでいた。

イエスッ！　遂に自重トレに限界がきたのねー！　へっへっへ！　これからはモンスター相手に
レベル上げするしかないわよー！　これでやっと、ちゃんとした冒険が出来るわっ！

心とは裏腹に、私は真剣な表情を装い、聖哉に話しかけた。

「聖哉。それはもう仕方ないよ？　一人でやるトレーニングには限界があるもの。今後はゲアブランデでモンスターを倒しながらレベルを上げましょう？」

「むう。モンスター相手の実戦か。それはあまりにもリスクが高すぎるな」

「いや……全然普通だと思うけど……」

「それよりダンベルなどのトレーニング器具を創造してくれないか？」

「だ、ダメよ！　ダメダメ！　絶対ダメ！　そんなことをしても、所詮《しょせん》は一時しのぎ！　またすぐに限界が来るわ！」

「ならば一体どうすれば……」

聖哉は珍しく頭を抱え、悩んでいた。「いや、だからモンスターと戦えよ！」とも言いづらい雰囲気で懊悩《おうのう》している。

見かねたのか、アリアが優しく声をかけた。

「聖哉。たとえばだけど……此処にいる男神や女神に稽古《けいこ》をつけて貰うというのはどうでしょう？」

アリアの提案に私は喫驚《きっきょう》する。

「ちょ、ちょっとアリア!?　な、な、何を言ってるの!?」

「統一神界の神様相手なら敵と違って殺されることはない。それにモンスターと戦う以上の経験値が手に入るわ。ふふふ。ちょっとした裏技よ」

ウインクするアリア。聖哉は満更でもない表情でコクリと頷《うなず》く。

「なるほど。それは悪くないアイデアだな」

「あ、アリア!!　ちょっと、こっちきて!!」

アリアを部屋の窓際に呼んで、耳元で小声を出す。

「そんな約束していいの!?　ってか、そもそも『統一神界の神に稽古』ってそんなこと、出来るの!?」

「私が許可するわ。イシスター様にも言っておくから大丈夫よ」

「で、でも一体誰が相手するのよ？　私は治癒の女神。そしてアリアだって封印の女神。どっちも戦闘タイプじゃないわ」

するとアリアは微笑みながら、窓を指さした。

「あそこでいつも頑張っている男神がいるじゃない」

アリアの部屋の窓から見えるのは、広く立派な統一神界の庭園。そして優美な彫刻が施された噴水の周りで剣の素振りをしている男神がいた。

『そこで練習すると噴水の美景を壊す』と他《ほか》の神々に言われても止《や》めない頑固な男神――剣神セルセウスである。

アリアは自ら歩いて扉に向かった。

「私も行くわ。セルセウスに頼んでみましょう」

私は肩をガックリと落とし、溜《た》め息《いき》を吐《つ》いた。

――はぁ……またしても普通の冒険から遠のいていくわ……。

そして私達はセルセウスのもとへと向かったのだった。

私達の姿を見ると、剣神セルセウスは素振りを止めて、ぎこちない笑顔を作った。筋骨隆々、口ひげを蓄えた短髪長身のセルセウスは威圧感があり、まさにどこから見ても男神といった風体だ。

「これはこれは。アリアドア殿にリスタルテ、それに……おや、なんだ……それはひょっとして人間か？」

顔色が変わり、眉間《みけん》にシワが寄る。

「召喚された勇者か……だが人間如《ごと》きがこの統一神界をうろつくのは控えた方が良《い》いぞ」

聖哉が何か言い返す前に、アリアが一歩前に進み出た。

「セルセウス。お願いがあります。アナタにこの勇者の教育を頼みたいのです」

しばし無言のセルセウス。だが、

「上位女神のアリア殿の頼みとならば引き受けんでもない。ただ……」

セルセウスはゆっくりと聖哉に近付き、睨《にら》みをきかせた。

「おい、人間。覚悟は出来ているのか？　俺の稽古は途轍《とてつ》もなく厳しい。人間如きに耐えられるものかどうか分からんぞ？」

ニヤリと笑うセルセウス。だが聖哉は顔色も変えず、いつもの調子で言う。

「ほう。良い度胸だ。お前こそ泣いても知らんぞ。途中で稽古を投げ出したりしたら許さんからな」

途端、セルセウスは体を少し震わせた。

「お、おい。何故《なぜ》、お前がそれを言う？　そういうのは俺の台詞《せりふ》だろう？」

「ゴチャゴチャ言うな。とにかく、そうと決まればさっさと召喚の間に行くぞ。準備が出来たら付いてこい。いいな？」

「あ、ああ、わかった……な、な、なんだコイツ……!!」

ザッと身を翻し、歩き出す聖哉。その後を慌てて追うセルセウス。

そんな光景を垣間見《かいまみ》て、私の背筋を冷たいものが伝った。

い、いつの間にか立場が逆転してる!!　竜宮院聖哉《りゅうぐういんせいや》――なんて恐ろしい男なの!!　だ、だけど剣神セルセウス様の強さは本物!!　きっと聖哉の天狗《てんぐ》の鼻もへし折られる筈《はず》!!　これでちょっとはおとなしくなって、まともな勇者になるかも知れないわ!!


……そんな風に思っていた時期が私にもありました。

第十一章　過酷な修行

聖哉《せいや》がセルセウス様と共に召喚の間に入って、一日目。

例の如く「ブザーが鳴るまで入るな」と言われている私は、まぁ二人の邪魔をしても悪いと思い、律儀に約束を守っていたのだが、昼過ぎに神界の大食堂で一人テーブルにつき、食事をしているセルセウス様を見つけた。

私は隣の椅子《いす》に座り、おずおずと尋ねる。

「セルセウス様。どうですか、聖哉は？」

すると大きな口を開き、カラカラと笑う。

「うむ！　生意気な口をきくだけあって、思った以上に骨のある奴《やつ》よ！　初日から俺の剣技に付いてくるとは大したものだ！」

「そ、そうですか！」

「まぁ、まだまだ俺には敵《かな》わんがな！」

楽しそうなセルセウス様を見て、私は一安心した。どうやらそれなりに仲良く稽古に励んでいるようだ。

「それでは、宜《よろ》しくお願いします！」

私はセルセウス様に一礼すると、食堂を出た。

へぇ！　なんだかんだで上手《うま》くやってるのね！　すごいじゃない、聖哉！


そして二日目。

今日も昼時に食堂にいたセルセウス様は少し難しい顔をして、フォークで皿の魚を突っついていた。

私はまたも隣に腰掛け、挨拶《あいさつ》する。

「こんにちは。稽古の調子は如何《いかが》です？」

「お、おう。む、無論、頑張っておるぞ」

……あれ？　何だか歯切れが悪い気がするなあ？

セルセウス様は嘆息するように大きな息を吐いた。

「奴め。たった二日で恐ろしいまでの実力を身に付けよったのだ……」

聖哉の持つスキル『獲得経験値増加』は以前、私が見た時ですらLｖ：10を超えていた。そのせいもあって驚く程のスピードで成長を遂げているのだろう。

喜ばしい事態の筈なのに、セルセウス様は憎々しげに呟《つぶや》く。

「俺の本当の実力を出せればよいのだがな」

「ああ……人間相手には神々の力は１００％出せませんもんね……」

「そうなのだ。神界のルールで特別な場合を除き、我らの力は随分と抑制されておる。全く。本来の力さえ出せれば奴に勝てるかも知れんのに……」

「えっ⁉　い、今何て⁉」

「い、いや何でもない！」

ひょっとして「奴に勝てるかも」って言った？　は？　まさか二日で、もうセルセウス様を追い抜いたの？　……って、いやいや！　流石《さすが》にそんな訳はないわよね！　きっと聞き間違いよね！

「そ、それにしても張り合いのある奴よ！　ワハハハハハハハハ、ガハッ！　ゲフッ！　オウフッ！」

笑いすぎて、むせたらしい。昨日とは違う剣神の様子に、私は一抹の不安を覚えたのだった。


さらに三日目。

食堂に居たセルセウス様は、コップの水をチビチビと飲んでいた。どうも顔色が良くないような気がする。心なしか頬《ほお》が、こけている。

「セルセウス様。少し痩《や》せられたのでは？」

剣神は気だるそうに口を開いた。

「いや……別に……」

「そうですか。えぇと、それでどうですか、聖哉は？」

「うん。まぁ……」

「進んでます、修行？」

「ボチボチかな……」

「ボチボチ？　ボチボチってどんな感じです？」

「ボチボチはボチボチだ……」

「いや、何て言うか、もうちょっと詳しく教えてくれませんか？　私、聖哉の担当女神なんで、」

喋《しゃべ》っている最中、セルセウス様が思いきりテーブルを拳《こぶし》で叩《たた》いた。

「オイ‼　やめてくれ‼　今は昼休憩だろ⁉　稽古の話なんかしないでくれ‼」

「ひいっ⁉　す、す、す、すいませんっ‼」

大声に食堂にいた他の神々が、何事かと私達を振り返る。その様子を見て、セルセウス様は冷静さを取り戻したのか、

「……すまん。怒鳴ったりして悪かった」

そう言い残し、トボトボと食堂から出て行った。


四日目。昼休憩なのにセルセウス様は大食堂にいなかった。

最近、体調が悪かったようだし、今日は部屋で休まれているのかしら……？

そう思いつつ、私が神界の厨房《ちゅうぼう》で、召喚の間から出ようとしない聖哉への差し入れを作っている時のこと。おにぎりに使う海苔《のり》を取りに厨房の隅に行き、

「ぎゃあっ⁉」

私は思わず声を上げてしまった。ゴザの上で乾燥させている海苔の隣に、セルセウス様がうずくまっていたからである。

「セルセウス様⁉　一体、こんなところで何を⁉」

「シッ！　静かにしろ！」

「ど、どうしたんですか？　まるで隠れているみたい……」

「みたい、ではない。隠れているのだ」

そしてセルセウス様はチョイチョイと手招きし、私をしゃがませると、耳元で囁《ささや》いた。

「リスタルテ。心して、よく聞け。いいか。あの勇者は……病気だ……！」

はい、知っています——とも言えず、ただ黙っていると、青白い顔のセルセウス様は震えるような声を出す。

「もう修行は充分だと言っているのに『まだまだ、まだまだ。全然まだまだ』と言って俺を離してくれない。実は稽古《けいこ》を頼まれてからというもの、俺は、ほぼ不眠不休で奴と練習させられているのだ」

「そ、そうだったんですか……だからこんなにやつれて……」

「もう俺の三倍は強いと言っているのに『百倍は強くならねば安心出来ん』などと宣《のたま》う。アレは異常すぎる。バーサーカー《狂戦士》が可愛《かわい》く思えるほどのスーパー・バーサーカー《超狂戦士》だ」

おののきながら語っている最中、

「……おい」

突如聞こえた低い声に私とセルセウス様はゆっくり顔を上げる。

そこにはスーパー・バーサーカー《超狂戦士》が腕を組んで仁王立ちしていた。

私はビックリして、

「うわっ⁉」

と叫び、セルセウス様は、

「オオッヒィ⁉」

聞いたことのない叫び声を上げた。

「セルセウス。昼休憩はとうに終わっているぞ。なのにお前は海苔の横で何をしている？」

「いや、あの、ちょっと、えぇと……」

考えあぐねた末、セルセウス様は何かを閃《ひらめ》いたようだった。

「そ、そうだ！　俺は此処《ここ》で……海苔の真似《まね》をしていたのだ！」

聞きながら私は愕然《がくぜん》とする。

いや『海苔の真似』って何⁉　どれだけ苦しい言い訳なの⁉

だが聖哉は特にツッコミもしなかった。冷ややかな視線をセルセウス様に送る。

「そうか。それで、それはもう終わったのか？」

「い、いや、あと少し頑張りたいかな。もうちょっと海苔らしくなる為《ため》に……」

「ダメだ。行くぞ」

そして聖哉はセルセウス様の首根っこを手で摑《つか》み、独り言のように言う。

「この時間のロスも考えて、今日は残り休憩無しでブッ続けで稽古しなければならん」

「きゅ、休憩無し……？　ブッ続け……？」

セルセウス様はワナワナと震えていたが、

「い、嫌だアアアアアアアアアアアア‼」

突然、大声で絶叫した。その様子に私は驚愕する。

「せ、せ、セルセウス様⁉　キャラが崩壊してますけどっ⁉」

「剣なんて嫌だっ‼　もう見たくないっ‼」

「えええええええええ⁉　剣神が剣を見たくないって、どういうことですか⁉」

「大嫌いなんだ‼　あんな細長くて先端が尖《とが》った物なんて‼」

「⁉　もはや『剣』とも言わなくなった‼」

子供のように駄々をこねるセルセウス様。だが聖哉はお構いなしに首根っこを掴んだまま、ズリズリと厨房内を引きずった。

「助けてくれえ‼」

涙目のセルセウス様が引きずられつつ、私に懇願していた。

「ちょ、ちょっと聖哉‼　やめなよ‼　嫌がってるじゃない‼」

しかし、その時。厨房のドアが開き、血相を変えてアリアが駆け込んでくる。

「此処にいたのね、リスタ！　イシスター様がアナタを捜していらっしゃるわ！」

「ええっ⁉」

アリアの切羽詰まった様子から、大切な用に違いないと判断した私は、

「セルセウス様！　もうちょっとだけ耐えてくださいね！」

そう言い残し、

「俺を見捨てないでくれえええええええ‼」

泣き叫ぶセルセウス様を厨房に残し、大女神イシスター様の部屋へと向かったのであった。

第十二章　準備完了

「失礼します」

私が部屋に入ると、イシスター様は木の椅子《いす》に腰掛け、編み物をしながら優しい微笑《ほほえ》みを湛《たた》えていた。こんなことは失礼すぎてとても言えないが『気の良《い》いおばあちゃん』といった感じである。

イシスター様はいつも通りの穏和な声を出す。

「リスタルテ。どうですか。剣神に稽古をつけて貰《もら》っている勇者は？」

私はまず、イシスター様にこの特例措置を詫《わ》びた。

「何だかすいません。神界に留《とど》まってばかりか、男神に修行を受けたりなんかして……」

「別に良いのですよ。確かにモンスターと戦わず、剣神に教えを乞《こ》う勇者など前代未聞です。だけどこれもあくまでサポートの範疇《はんちゅう》。人間を過度に援助してはいけないという神の規律に反してはいませんん。ただ今までこんなことをする勇者がいなかっただけのことです」

「は、はぁ」

「それで竜宮院聖哉《りゅうぐういんせいや》の修行は、はかどっているのですか？」

「えっと、それがですね、何だかセルセウス様の方が参っちゃって。『もう剣も見たくない』とか何とか」

イシスター様が「ほっほっほ」と笑う。

「セルセウスも元は気弱な人間でしたからね」

「えっ⁉　セルセウス様って人間から転生したんですか⁉」

神々には二種類のタイプがある。元から神としてこの統一神界に生を受ける者。そして善行を積んだ人間が転生をして神となるタイプだ。なんとなくセルセウス様は前者だと思っていたのだけれど……。

「セルセウスはかつて人間の剣士でした。無論、男神に転生する時にその時の記憶は失われました。しかし魂深くに刻まれたものは、なかなかどうして無くなりはしません。竜宮院聖哉に過酷な稽古を強要され、セルセウスの弱い部分が魂から溢《あふ》れてしまったのでしょう。まぁ、セルセウスにとっては良い修行でしたね」

な、なんだか逆になってるけど……。聖哉の修行の筈《はず》だったのに……。

ちなみに私も一度、どちらのタイプだったのか、イシスター様に尋ねたことがある。けれど「時が来れば教えて差し上げましょう」と、やんわり、かわされてしまった。まぁよく考えれば、元人間だったとしても、そうじゃなかったとしても、記憶がないのでどちらも大差ない。それ以後、私はたいして気にしなくなっていた。

イシスター様は作りかけの編み物をテーブルに置いて、優しい眼《まなこ》で私を見詰めた。

「それでリスタ。今日、アナタを呼んだのは他《ほか》でもありません。修行中で悪いのですが、今すぐに次の町まで行って貰いたいのです」

早く冒険に行きたくて、やきもきしていた私は、

「はい！　わかりました！」

即答したのだが、

「ま、まさか……ゲアブランデに何かがあったんですか？」

気になって尋ねる。いつの間にかイシスター様は真剣な表情をしていた。

「本来、私がスタート地点に選んだあの付近は比較的安全な場所でした。しかし魔王は私達の動きを察知していました。そして次の町にもどうやら危機が迫っているようなのです」

イシスター様は少し先を見通す予知能力がある。私の女神の勘などとは段違いの精度であり、その情報に間違いはない。

「いくらこの統一神界では時の流れが遅いとはいえ、それでもアナタ達には旅を急いで貰いたいのです。リスタ。お願い出来ますか？」

「勿論《もちろん》です!!　すぐに!!　今すぐ出発します!!」


私はイシスター様の部屋を出ると、固い決意と共にツカツカと広い神殿内を歩いていた。

――もう何だかんだゴネられても無理矢理、連れて行くからね!!

そして召喚の間の扉を大きく開ける。

「聖哉!!　ゲアブランデに行くわよ!!　……って、ええっ？」

私は硬直した。恐ろしい光景が目の前に広がっていたからだ。

聖哉がセルセウス様に馬乗りになって、両拳でセルセウス様を打ち付けていた。

「うっ！　ぐっ？　かはっ？　ううっ！」

唸《うな》りながらセルセウス様は手で頭部をガードしている。

「ちょ、ちょっと⁉　何やってんの⁉　や、やめなさいっ‼」

私が駆け寄ると聖哉はようやく殴るのを止《や》めた。

「聖哉‼　アンタ、どうしてこんな酷《ひど》いことするのよ‼」

私が怒っても、聖哉は何食わぬ顔だ。

「お前は一体何を言っているのだ？　これも訓練の一環だぞ？」

「あ……そ、そうなんだ……」

なんだか『イジメ』みたいな感じだったからビックリしたけど……そ、そうよね、流石《さすが》にそんなことある訳ないもんね……。

私は仰向《あおむ》けで寝ころんだままのセルセウス様に笑顔を向けた。

「ビックリしちゃいましたよ！　訓練だったんですね！」

「……」

だがセルセウス様は顔を手で覆ったまま、一言も喋《しゃべ》らなかった。

「⁉　いやセルセウス様、黙ってんじゃん‼　ホントに訓練だったの⁉」

「それで何の用だ？」

「あ！　そ、そうだったわ！」

聖哉に私は単刀直入に告げる。

「ゲアブランデに危険が迫っているらしいの！　今すぐ行かなきゃならないのよ！　修行の途中かも知れないけど、絶対に連れて行くからね！」

するとと聖哉はタオルで汗を拭《ぬぐ》っていたが、

「よかろう。こちらも、この男から得るものは何も無くなったところだ」

三角座りして膝《ひざ》に顔を埋《うず》めたまま、何にも喋らないセルセウス様と対照的に、聖哉は颯爽《さっそう》と鋼の鎧《よろい》を装着し、艶《つや》やかな黒髪をサッとかき上げる。

「レディ・パーフェクトリー《準備は完全に整った》。さぁ、次の町へ出発だ」

「うん……でも……やっぱりその前に一回ちゃんと謝りなさいよ‼」

私は呪文《じゅもん》を詠唱し、セイムルの町が目前に見える位置に門を出した。ゲアブランデ内でイシスター様が下調べしてくださっている場所には、このようにしてすぐ移動出来るのだ。まぁ実際、私的には少し離れたところからスタートさせ、モンスターを倒し、経験値を上げながら行動して欲しい。だけど、今はそんなことも言っていられない。

私と聖哉が町の入り口から入るや、家財道具一式を持った人達が慌てた様子で町を飛び出していく。

私は一人の男性を捕まえて話を聞いた。

「北西のクライン城がアンデッドの軍勢に襲われて陥落したんだとよ！　いつこの町にもモンスターがやって来るかも知れない！　アンタらも早く逃げた方がいいぞ！」

足早に男が去った後、聖哉が私に聞いてきた。

「おい。アンデッドとは何だ？」

「命が無くなっても活動するモンスターよ。わかりやすく言うとゾンビなんかね。ちなみに打撃や剣のみの攻撃では動きを封じるのは難しいわ」

「ほう。ならば、有効な攻撃は？」

「火の呪文が有効よ。道具では聖水が効果的ね」

「聖水か。まずは道具屋に行くか」

イシスター様の情報では、聖哉の仲間になる筈の人物は町の教会で待っているらしい。すぐにでも行きたいが、確かにアンデッド対策に聖水も買っておいた方が良い。

「わかった。急ぎましょう」

小走りして道具屋を見つけ、私達は飛び込んだ。


狭い店内のカウンターには恰幅《かっぷく》の良い店主が立っている。

「よかった。まだ店の人がいたわ」

「ははっ！　当然よ！　商売が命だからな！」

店主はそう言って笑った。

「聖水だろ？　アンデッド相手だ。準備は万端にしなくちゃあな。多すぎて困ることはない。沢山買っていけ」

聖哉は頷《うなず》きながら、お金の入った袋を懐から取り出した。

「そうさせて貰おう。聖水を『千個』くれ」

するとと店主は顔を引きつらせた。

「……いや確かに、俺は多くても困ることはないと言った。だが、ものには限度がある。千個はいくら何でも多すぎで確実に困ることになるだろう。まず第一に、いくら小瓶に入った聖水とはいえ、そんなに持ち運べないし、仮に持てたところで聖水の重みで動けない。それからあと、そもそもウチにはそんなに多くの聖水は置いていない」

「置いていないだと？　それでも道具屋か。発注しろ。聖水千個。今すぐに、だ」

「す、すいません‼　十個‼　十個でいいんで‼」

私は聖哉に代わって聖水を注文したのであった。


「……少なすぎる」

店を出ても不満げな聖哉だったが、無視して教会へと急ぐ。道具屋から少し離れたところにある大きな教会の両開きの扉をギギギと開いた。

延びた赤絨毯《じゅうたん》の先。教会の祭壇には四人の人物が佇《たたず》んでいた。

神父、シスター。さらに、銀の鎧を身にまとい、鳶色《とびいろ》の髪の毛をした活発そうな男の子。そしてローブを羽織ったクルクル巻き毛の赤髪の女の子である。

私達の姿を認めると、神父が私を見詰め、涙ながらに言う。

「何と神々しい！　人の姿をしていても分かります！　アナタは女神様ですね？　我々は神の啓示を受けて、アナタ方が此処《ここ》に来るのを待っていたのです！」

そして男の子と女の子を指さした。

「こちらのお二人こそ、竜の血を引く竜族の末裔《まつえい》！　アナタと勇者様の仲間になって魔王を倒す人物です！」

赤毛で背の小さい少女はぺこりとお辞儀をしたが、茶髪の男の子は生意気そうに腰に手を当てていた。


——竜族の末裔……！　この子達が聖哉の仲間なのね……！


すぐにでも二人と話をしたい。だが……その時。私の女神の勘は激しく警鐘を打ち鳴らしていた。人間の五感ではおそらく分からない。だが腐肉がうごめくような気配。四人のうち誰《だれ》とは特定出来ない。しかし……

私は聖哉の耳元で小声で告げる。

「気をつけて、聖哉。イヤな感じがする。多分、この中の誰かがアンデッドよ」

「フン。全く問題はない」

「ちょ、ちょっと聖哉？」

鼻を鳴らし、聖哉は四人に向かい、自ら歩を進めた。

第十三章　不死の驚異

ズンズンと近寄って来た聖哉《せいや》に、白髪の神父は、うやうやしく頭を下げた。

「これは勇者様！　申し遅れました！　私、神父のマルスと申しま、」

名乗っている途中の老神父マルスの頭に、聖哉は懐から取り出した聖水を有無を言わさず振りかけていた。

じょぼ、じょぼ、じょぼ、じょぼ。

「……は？」

聖水塗《まみ》れで呆然《ぼうぜん》とする神父。そして、

「せ、せ、聖哉ぁっ⁉　アンタ、一体何を⁉」

慌てたのは私だけではない。

「うおっ‼　お前、何やってんだよ⁉」

竜族の少年がそう叫ぶと、

「やだあっ‼　何でいきなり聖水、かけてるの⁉」

竜族の少女も目を大きく見開く。さらに、

「神父さまあああああっ⁉」

シスターは口に手を当て、卒倒しそうになっていた。それも当然。『初対面の老人に聖水をしこたまブッかける』――この蛮行に声を上げない者などいるだろうか。

そして、その中でも一際、大きな声を発している者がいた。それは聖水を被《かぶ》ったマルス神父自身であった。

「うぐぐおおおおおおおおおおおッ!!」

老人とは思えぬ、雄叫《おたけ》びのような声。見ると神父の頭部から煙が立ち上っている。

え……ちょっと……こ、これは……まさか……!

「お、おいおい!」

竜族の男の子も気付いたらしい。

――そう! これはアンデッドが聖水をかけられた時の反応!!

「ま、マジかよ!? そしたら勇者はコイツがアンデッドだと最初から見抜いていたってのかよ!!」

「す、すごいっ!! 流石は勇者だねっ!!」

二人が感嘆している間にも、神父姿のアンデッドは苦しそうに頭をかきむしる。だがやがて、聖水によって火傷《やけど》のように爛《ただ》れた顔をこちらに向けると、下卑た笑いを教会に轟《とどろ》かせた。

「ぎげげげげげげげ! やるではないか! ケオス=マキナを葬った勇者め! お前らが油断したところを一網打尽にしてやろうと思っていたが抜かったわ!」

そして中腰になり、飛びかかるような体勢を取った。

「だが構わん! このまま皆《みな》まとめて、亡き者にしてくれよう! 魔王軍直属四天王が一人、デスマグラ様に頂いた我が不死の力! 存分に思い知るがいい!」

「じょ、上等だ、この野郎！」

竜族の少年が鞘《さや》から剣を抜き、

「ふーんだ！　私だって、やっちゃうよーっ！」

少女が魔法使いの杖《つえ》を掲げる。しかし一番慎重な筈《はず》の聖哉は何故《なぜ》だか戦闘に加わらず、シスターに話しかけていた。

「あの神父はいつから教会にいたのだ？」

「ふ、二日前、宣教師としてクライン城からこの町にやって来られたのですが……」

「なるほど。元々この町の者ではなかったという訳か」

「ちょ、ちょっと聖哉！　世間話してる場合じゃないわよ！　アンタも二人の手伝いとかしなさいよ！」

「問題ない。既に敵の身動きは取れなくしておいた」

「えっ？」

その途端。神父の頭部、両腕、両足がバラバラと教会の床に崩れ落ちた。床を転がった首は、数秒後、自身の体に何が起きたかを悟ったらしく、

「何いいいいいいいいい!?」と大声で叫んだ。

聖哉は落ち着いて、神父の様子を観察する。

「体をバラバラにされても血も出ないし、全然元気だな。なるほど。これがアンデッドか」

竜族の二人は目を丸くしている。

「い、一体いつの間に斬《き》りやがったんだ……？」

「さ、鞘から剣を抜いたのも見えなかったよー？」

人間よりも動体視力が優れている筈の私にも動作が分からなかった。聖哉は剣神との修行でまたしても強くなったらしい。機会があればステータスを見てやりたいが、それは後だ。

「ねえ、聖哉。一つだけ教えて。どうしてマルス神父がアンデッドだと分かったの？」

「簡単な推理だ」

「聞かせてくれない？　その推理とやらを？」

「いいだろう。まず神父はこの中で一番ヨボヨボの老人だった。つまりコイツは遅かれ早かれアンデッドだと踏んだのだ。だから聖水をブッかけたという訳だ」

「な、なるほど……って、何その理由!?　『遅かれ早かれアンデッド』!?　それ推理じゃないでしょ!!」

適当かつ非人道、さらに老人蔑視《べっし》とも取れる意見に私はツッコんだが、それでも聖哉がアンデッドを見破ったのは事実であり、これ以上は不問にすることにした。

アンデッドの首は床に転がったまま、悔しそうに叫んでいる。

「ち、畜生が！　俺をやったくらいでいい気になるなよ！　クライン城を攻め落としたデスマグラ様の不死の軍勢は現在もこの町に向け、侵攻中だ！　ぎげげげげ！　聞いて驚け！　その数は何と一万！　明朝には到達し、この町を瞬く間に廃墟《はいきょ》に変えるだろう！　しばしの間、残された生を楽しむがいい！」

い、一万のアンデッドの軍勢が明日にはやって来る……ですって……⁉

私は戦慄《せんりつ》していたが、聖哉は相変わらず普段通りの表情で、神父の言葉が終わってからコクリと頷いた。

「うむ。コイツから知りたい情報はこれで充分だ。それでは後片付けといこうか。不死というからには、いつもより念入りにせねばいかんな……」

聖哉の呟《つぶや》きが耳に入った瞬間、

「みんな逃げてぇぇぇぇぇぇぇぇ‼」

私は絶叫し、竜族二人とシスターの背中を押した。

「ええっ？　逃げろって何だよ？　だってもう敵は身動き取れないんだぜ？」

「違う！　本当に恐ろしいのはここからなのよ！」

「ど、どういうことなのー？　女神様ーっ？」

「いい？　戦闘よりむしろ後片付けの方に全能力を集中する——それがあの勇者なのよ！　って、言ってる傍《そば》からホラきたあああああああ‼」

背後で耳をつんざく轟音《ごうおん》！　聖哉の爆裂魔法が炸裂《さくれつ》したのだろう。私が教会の扉を開けた刹那《せつな》、上級魔法が引き起こした爆風で私達は教会の外へ吹き飛んだ。

それからも断続的に続く爆発と震動。割れたステンドグラスから溢《あふ》れる火炎。数分後、セイムルの町の教会は音を立てて瓦解《がかい》した。

「きょ、教会が……歴史のあるセイムルの教会があああ……‼」

崩れ去った教会を見て、シスターは、ふらりとその場に倒れ、失神してしまった。

やがて炎の中からイフリート《炎の魔神》が出現し、開口一番こう告げる。

「もう安心だ。モンスターは完全に消滅した」

「いやモンスターどころか教会まで消滅してっけど!? シスター、倒れちゃったじゃん!!」

私は叫ぶが、例によって聖哉は気にも留めていなかった。銀の鎧《よろい》をまとった竜族の男子がそんな聖哉におずおずと近寄った。

「ま、まぁちょっと……いや随分変わってるが……強いのは間違いないな。認めてやるぜ」

そして聖哉に向けて握手の手を差し伸べた。

「よろしくな、勇者さんよ！　俺はマッシュ！　竜族の血を引く戦士だ！」

するとローブを羽織った巻き毛の女の子も挨拶《あいさつ》する。

「へへっ！　私はエルル！　マッシュとは同じ村の幼馴染《おさななじ》みなの！　私も竜族の血を引く魔法使いだよっ！　これから一緒に頑張ろうね！」

無言の聖哉に人見知りしなさそうなエルルが近寄る。

「ねえっ！　名前、教えて？」

「……聖哉。竜宮院《りゅうぐういん》聖哉だ」

自己紹介しながら何と聖哉はエルルの頭に聖水を振りかけていた。

「はうあっ!?」

驚くエルルに「ふむ。人間のようだな」と頷《うなず》き、続けざまにマッシュの頭にも聖水を振りかける。

「お、お前、いきなり何すんだよ‼」

「これも人間か」

さらに失神しているシスターにも聖水を振りかける。

「よし。人間」

「や、やめてあげなよ……気絶してるのに……」

流石《さすが》に私が咎《とが》めると、何故か聖哉は私の頭にも聖水をかけてきた。

「‼　オォイ⁉　なんで私にもかけた⁉」

「いつの間にかアンデッドと入れ替わったかも知れん」

「そんな暇なかったでしょうが‼」

その様子を見て、

「ど、どれだけ慎重で疑《うたぐ》り深い勇者なんだよ……」

「う、うん……病的だね……」

マッシュとエルルは引いているようだった。すると聖哉はそんな二人を無言でジ――――ッと眺め始めた。

「な、何だ、お前？　何見てんだよ？」

「そ、そーだよー？　なぁにー？　変な目でずっと私達のこと見てー？」

私はハッと気付く。聖哉は今、能力透視を発動させているのでは？　よ、よし！　それなら私も

二人のステータスを見ておきましょう！

聖哉と同じように私もギラギラと目を輝かせ、食い入るように二人を見詰めた。

「ちょっとぉ!?　この勇者に女神様、何だか怖いんだけどーっ!?」

涙目でエルルが叫ぶが、私は目力全開。やがて、私の視界には二人のステータスが表示された。

マッシュ
Ｌｖ：８
ＨＰ：４７６　ＭＰ：０
攻撃力：２０６　防御力：１８４　素早さ：１０１　魔力：０　成長度：28
耐性：毒
特殊スキル：攻撃力増加（Ｌｖ：３）
特技：ドラゴン《竜》・スラスト《打突》
性格：勇敢

エルル
Ｌｖ：７
ＨＰ：３５５　ＭＰ：１９５

攻撃力：98　防御力：160　素早さ：76　魔力：189　成長度：36
耐性：火・水・雷
特殊スキル：火炎魔法（Lv：4）
特技：ファイア《火炎》・アロー《弓》
性格：明るい

……お、思ったより普通ね。聖哉の百分の一もないわ。竜族の血を引くっていうからもう少し能力値が高いと思っていたけど。で、でもこれからきっと伸びるのよね？

プラス思考でそう考えつつ、隣にいる聖哉をチラリと一瞥《いちべつ》して、私は体を震わせた。

勇者が絶対零度の凍《い》てつく視線を、二人に向けていたからである。

第十四章　決裂

「おい！　いつまで見てんだよ！　気持ち悪いだろ！」

廃墟と化した教会の前でマッシュは聖哉《せいや》に叫んでいた。ようやく二人から目を逸《そ》らした聖哉は、苦虫を嚙《か》み潰《つぶ》したような顔でボソリと呟く。

「いらん」

「……あ？　お前、今、何て言った？」

「いらん、と言ったのだ。お前達のステータスは低すぎて話にならん。仲間には出来ん」

「な、何だと、この野郎‼」

勝ち気そうな性格のマッシュが激昂《げきこう》するが、エルルはどうにか笑顔を繕う。

「あ、あははは！　わ、私達、まだまだ発展途上だからさっ！　だから、もうちょっと長い目で見て欲しいなー、なんて？」

だが聖哉は冷めた目で赤毛の少女を見やった。

「ちなみにお前の火の魔法は俺の属性とモロ被《かぶ》りだ。超いらん」

「超いらないの⁉　ひ、ひどいっ‼」

「それに発展途上もなにも、神父がアンデッドなのにも気付かず、のほほんと佇《たたず》んでいたお前達が、これから先、役に立つ筈もあるまい？」

これには何も反論出来ずに悔しげに歯を食い縛る二人。流石に私もフォローを入れる。

「し、仕方ないよ、聖哉。アイツは人間に気付かれないよう、アンデッドの気配を完全に殺していたもの。わからないのも無理ないって……」

「違う。そういう話ではない。危険察知能力までもが低いと言っているのだ。こんな奴《やつ》らと一緒にいると俺まで危険に晒《さら》される。はっきり言って、足手まといなのだ」

遂に我慢の限界がきたらしいマッシュは、地面に唾《つば》をベッと吐いた。

「おいおい、勇者さんよー。ちょっとばかり強いからってあんまり調子に乗って、人のこと見下してんじゃねえぞ?」

そして聖哉に顔を近付け、睨《にら》みをきかせる。

「覗《のぞ》き見した能力値だけで人を量《はか》ってんじゃねえ! 何なら此処《ここ》で本当の実力を見せてやるぜ? 神の啓示を受けた勇者だか何だか知らねえが、俺だって故郷のナカシ村では『勇者マッシュ』と呼ばれていたんだからな!」

「いいだろう。一秒で実力差をわからせてやろう」

一触即発のマッシュと聖哉の間に私は割って入った。

「ちょ、ちょっと落ち着いてよ、二人共! それから聖哉! さっきから酷《ひど》いよ! マッシュに謝って!」

「何故《なぜ》だ? 謝る必要などない」

聖哉はまるで石ころを見るような目をマッシュに向ける。

「もう一度言う。お前などいらん。とっとと仲良し村へ帰れ」

「仲良し……？　いや、ナカシ村だ、この野郎‼　も、もう許さねえ‼」

聖哉に飛びかかろうとしたマッシュに、エルルが被さるようにして止める。

「ダメだよ、マッシュ！　ケンカはダメようっ！」

「うるせえ！　離せ！」

マッシュはとりあえずエルルに任せて、私は小声で聖哉に話しかける。

「ね、ねえ、聖哉、聞いて？　大女神イシスター様の情報によると、この子達の手の甲に描かれた竜の紋章がないと封印が解けない場所があるらしいの。つまりゲアブランデの攻略が出来ないのよ」

「では仲間ではなく『鍵《かぎ》』として連れていけということか？」

「まぁ最初はそんな感じでもいいから……」

二人をどうにか連れて行く為《ため》の苦肉の策だった。だが私は気付かなかった。エルルを振り払ったマッシュが背後で私の話を聞いていたことに。

「鍵だと⁉　俺達はアイテム扱いかよ‼」

「ち、違うの‼　そういう意味じゃないの‼」

あわわわわ‼　火に油を注いじゃった‼　ど、どうやってフォローしよう⁉

オロオロしていると、

「ううううっ！」

不意に押し殺したような声が。見ると、エルルが大粒の涙をこぼしている。そして次の瞬間、堰《せき》を切ったように号泣した。

「うわあああん‼　『超いらん』とか『鍵』とか、もぉヤダあああああ‼　私だって生まれた時から頑張って修行してきたのにいいいいいい‼」

「そ、そうよね！　わかってる！　わかってるわ！　だから泣かないでエルルちゃん！」

「フン。何だ、これは。幼稚園か。バカバカしい」

「聖哉はちょっと黙ってて‼」

そっぽを向く勇者。泣き喚《わめ》く竜族の少女。歯ぎしりする竜族の少年。

あああああああ⁉　いつの間にやら最悪に険悪な雰囲気にっ⁉　い、いけない‼　女神として何とかこの場を上手《うま》く治めなければっ‼

私はどうにか解決策を探すべく辺りをキョロキョロし、やがて、こちらに向かって歩いて来る甲冑《かっちゅう》をまとった一団を見つけ、指さした。

「あ、あらっ⁉　皆《みんな》、あれを見て‼　何かこっちに来るわよ‼　一体、何かしらねっ⁉」

よ、よし！　これでどうにかこの空気を変えられる……と束《つか》の間喜んだのだが、私達の目の前で歩みを止めた五人の騎士は難しい顔で口々に叫びだした。

「教会の辺りが騒がしいと連絡があって来てみれば……これは一体何事だ⁉　教会が焼け落ちているではないか‼」

「あそこを見ろ‼　シスターが倒れているぞ‼」

「おい、お前達!! 説明しろ!! これは一体どういうことだ!! 事と次第によっては、しょっぴいて尋問にかけるぞ!!」

うわあああああ!! 何コレええええ!? もっと悪い空気になったあああああ!!

「い、いや、あの、これはですね……」

私が何とか誤魔化そうとした時、倒れていたシスターがむっくり起き上がった。

ヒイィィィィ!? もう最悪すぎる!! 教会を壊したのが聖哉だとバレたら、騎士達に捕まっちゃううううう!!

だが予想に反し、シスターは私達をかばってくれた。

「騎士の皆様。実は恐ろしいアンデッドが神父に化けていたのです。それをこの方々が助けてくださったのですよ」

「す、すると教会が崩れたのも？」

「ええ……その辺りの経緯は、頭が朦朧《もうろう》としていてよく覚えていないのです。ですが……そうですね……きっとアンデッドが火を付け、教会を破壊したのだと思います……」

真剣な顔で記憶を辿《たど》るよう訥々《とつとつ》と話すシスターの様子から、どうしても嘘《うそ》を言っているようには思えなかった。『勇者が教会を燃やす』――それをどうしても信じたくなかったシスターは、自分の中であれをアンデッドがやったことにしたのかも知れない。

「ですが、一つハッキリと覚えていることがあります。アンデッドはこう言っておりました。『明朝、この町に一万の不死の軍団が到着する』――と」

「な、何ですと⁉」

「い、一万だと……⁉　そんな……‼」

「クライン城を壊滅させた不死の軍が南下しているとは聞いていたが……まさかそれ程の大軍とは……‼」

シスターの言葉に恐れおののく騎士達。しかしシスターは微笑を浮かべる。

「安心してください。神は私達を見捨ててはおりません。なぜなら、この町にはこの方々がいらっしゃるからです。ゲアブランデを救う為、天上から降臨なされた女神様。さらに神の啓示を受けられた勇者様。そして古《いにしえ》よりゲアブランデを守ってきた竜族のお二人です」

シスターの紹介に、騎士達は目の色を変え、どよめき立った。あごひげを蓄えた一番年長の騎士が敬礼する。

「先程は失礼致しました！　我々はロズガルド帝国騎士団！　帝国領であるこのセイムルの町をアンデッドから守る為に先発隊として派遣されたのです！　無礼をお許しください！」

そして五人は私達に一斉に頭を下げた。

「勇者様‼　どうか、どうか、不死の軍団を退けてください‼」

珍しく聖哉が自ら進んで、年長の騎士に話しかける。

「一つ聞きたいのだが、そのアンデッドの軍を全滅させれば、幾ら出せる？」

「は……？　出せる、とは？」

「無論、金の話だ」

「ちょっと聖哉⁉　こんな時にお金の話⁉　アナタは勇者であって傭兵《ようへい》じゃないのよ⁉」

「最近、新しい特技を覚えてな。その実践の為には多少の金が必要なのだ」

え……特技？　お金が必要な特技って……何よ？

「も、勿論《もちろん》、その際には帝国から莫大《ばくだい》な報奨金が出ます。少なくとも金貨数千枚は……」

「そうか。なら念の為に一筆書け。必ず相応の金貨を払うとな」

聖哉に念書を書かされた後、騎士は笑顔で申し出た。

「もうすぐ後続の騎士達も参ります！　帝国騎士団二百名、微力ながら戦いに協力致しますので！」

しかし、

「超いらん」

「えええええっ⁉　超いらないのですかっ⁉」

勇者の即答に驚く騎士達。

「で、ですが、」

「いらんと言ったらいらん。町には少なからずまだ人が残っているのだろう？　お前達は此処で町を守れ」

戸惑う騎士達を尻目《しりめ》に、次に聖哉はマッシュに視線を送る。

「おい。仲良し村の有機マッシュルーム」

「⁉　ナカシ村の勇者マッシュだ‼　テメー、何一つとして合ってねえじゃねえか‼」

「うるさい。それより、お前自身、この状況をどうにか出来ると思っているのか?」

「あ? ど、どういう意味だよ?」

「だから、不死の軍一万を相手にお前は一体何が出来るかと聞いているのだ」

「そ、それは、」

言いあぐね、二人で顔を見合わせる竜族の男女。聖哉はキッパリと言う。

「いいか。お前らではこの状況をどうすることも出来ない。だが、俺なら何とか出来る。わかったら、さっさと仲良し村に帰れ」

「仲良し村じゃねーっつってんだろうが‼ 帰らねえよ‼」

「それが嫌なら騎士団と一緒にこの町を守れ。そのくらいなら出来るだろう?」

エルルは狼狽《うろた》えつつ、マッシュの顔色を窺《うかが》う。

「ど、どうしよー、マッシュ? そうする?」

「うるせえ! アイツの言いなりになんか誰《だれ》がなるか!」

そしてマッシュは踵《きびす》を返した。

「もういい! 俺達は別行動を取らせて貰《もら》うぜ!」

「ま、待ってよー、マッシュ!」

「ちょ、ちょっと⁉ マッシュ⁉ エルルちゃん⁉」

私は叫ぶが、マッシュは振り返りもせずに歩き続けた。エルルは私に申し訳なさげに頭を下げた後、マッシュの後を追った。

騎士団とも別れ、今、私は聖哉と二人で町外れにいた。

「ねえ、聖哉。マッシュとエルルちゃん……まさか二人で不死の軍に突っ込んだりしないよね？」

「流石《さすが》にそこまでバカでもあるまい。それに仮にそう企《たくら》んでいたとしても俺が大軍を潰《つぶ》すのが先だ。お前が心配することもない」

私は聖哉にジト目を向ける。

「あのさあ。『潰す』とか『俺なら何とか出来る』とか……確かにアナタはとんでもなく強いわよ。剣神セルセウス様と戦って更に剣技に磨きをかけたんでしょう？　でもね、今回は多勢に無勢。一万よ、一万？　アナタこそ、わかってるの？　ねえ、今からでも遅くないわ。騎士団とマッシュ達の協力を仰ぎましょうよ？」

「いらん」

「もうっ!!　いつも病的に慎重なアナタが一体どうしたのよ!?　こういう時は味方が一人でも多い方が安心なんじゃないの!?」

「一万のアンデッドに対し、百人や二百人、味方が増えたところでどうしようもあるまい。それにあの仲良し村の奴らも騎士団も、死なない女神のお前とは違う。無駄死にすることはあるまい」

あ、あれ？　今、何か珍しい言葉を聞いたような？　ひょっとして聖哉なりにあの子達の身を案じていたの？

不思議に思いながら聖哉を見て……私は喫驚《きっきょう》した。なんと聖哉がふわりと舞い上がっていく！

こ、これは飛翔《ひしょう》のスキル!?

「せ、聖哉!?」

聖哉は宙から見下《みくだ》すように私を一瞥《いちべつ》し、

「ちなみに、お前も超いらん」

「!? 何ですって!?」

「アンデッドは南下していると言っていたな。俺は北に向かう。お前はこの町の宿屋で待っていろ」

聖哉は飛び立ち、私は一人、町外れに取り残された。

「う、嘘でしょ……? 女神の私まで超いらないの……? え……ちょっと何コレ……夢……?」

呆然《ぼうぜん》とした後、怒りが爆発する。

あ、あの個人プレーの自分勝手勇者めえええええええ!! 許さん!! もう絶対に許さあああああああああああん!!

私は空に向かって声高く叫ぶ。

「オーダー《神界特別措置法施行》!!」

そして私はゲアブランデから、統一神界にいるイシスター様に祈りを捧《ささ》げた。

『女神リスタルテが本来所有する飛翔のスキルを付与したまえ』——と!!

私達、女神の力は、人間に化身して地上に降りた時、極度に制限されている。『世界を救う為とはいえ、人間を過度に援助してはならない』というのが神の定めたルールだからである。だが、例外はある。非常事態時に、あくまで勇者をサポートするという名目で制限を一時的に緩め、本来の女神の力を得るのがこの神界特別措置法なのだ。無論、施行にはイシスター様の許可が必要。だが、今回は聖哉の後を追う為《ため》だけに飛翔のスキルを望んだ。多分、すぐに許可される筈《はず》……。

予想通り、私の背中が熱を持ったように熱くなり、眩《まばゆ》い光と共に白い翼が現れた。

ふふふ！　この姿は久し振りね！　我ながら美しい翼だわ！　聖哉の奴《やつ》、私が飛べないと思ってるんでしょ？　待ってなさい！　すぐに追いついて……クックク……後ろから羽交い締めにしてやるわ！

「リスタ・ウィ――――ング‼」

私は白鳥のような翼を大きく広げ、どんどん小さくなって空の彼方《かなた》に消えゆく聖哉に向かって飛び立った。

「女神、舐《な》めんなコラァァァァァァァ‼」

第十五章　1対10000

全速力で飛行すると、あんなに遠かった聖哉《せいや》の背中が近くなった。どうやら飛翔のスキルは私に分があるようだ。実際、以前見た聖哉の『飛翔』はそこまで高いレベルではなかった。対して私の飛翔スキルはレベル14。時速に換算すれば六十から八十キロで飛行可能である。

私はすぐに聖哉に追いつき、

「捕まえたあああああ‼」

……背後から抱きつこうとして、かわされた。

チッ！　流石に、後ろに目が付いているような反応の良さね！

「何だ、付いてきたのか。いらないのに……」

「フン！　なぁにが『いらない』よ！　言葉に気をつけなさいよ？　空中じゃ私の方が上なんだからね！　あんまりふざけてるとコショコショして落下させちゃうわよ！」

余裕ぶる私を気にもせず、聖哉は独り言のように呟《つぶや》く。

「ならし運転は終わりだ。そろそろ本気で飛ぶか」

言うや、聖哉の姿が忽然《こつぜん》と消えた。

「え……」

気付けば十数メートル先を悠々と飛翔している。

は、速っ⁉　いつの間に⁉　く、クソッ‼

私は翼を大きく、はためかせ、聖哉の後を追う。飛翔に関しては負けたくなかった。だって私は美しい翼がある。対して聖哉は翼もなく、ただフワフワと浮遊しているだけ。これは何としても負けられない。

だが……速い！　私は既にＭＡＸスピードなのに、差はどんどん開いていく！

ま、負けてたまるかあ‼　ウッオォォォォ、弾《はじ》けろ‼　私の『メガミック・パワー』‼　持てる力の全てをこの両翼に……って、アッヒィィィィィ⁉　背中が痛《い》ったあああああい⁉　翼がモゲそう‼　でも我慢、我慢よ、リスタルテ‼　アナタは未来の大女神なのよおおおおお‼

背中も翼も痛めて頑張ったが、聖哉の姿は遂に私の視界から消えた。

精根尽き果てた私は、ゼェゼェと息を切らしながら、空中で前のめりになって停止した。

――せ、せっかく神界特別措置法まで施行したのに……。女神の力を出してもアイツには勝てないのね……。

落ち込みながら、ふと前を向くと、そこに聖哉がいた。

「だから、いらんと言ったのだ。まったく鬱陶《うつとう》しい。ホラ、行くぞ」

そして私の手首をギュッと摑《つか》み、聖哉は私を連れて飛行した。

……置いていかれて腹が立った。出会った時からの病的な慎重さにも嫌気がさしている。でも……気まぐれかも知れないが、待っていてくれた優しさと、私の手首を包むぬくもり、そして前髪を揺らせながら飛翔する引き締まった横顔を見て、私は何だか興奮してきた。

や、やっぱりコイツ、近くで見ると超かっけー‼　ハァハァッ‼　ってか手とか握ってくれちゃって、えっ、ちょっと、何コレ……デートみたい‼

するると聖哉が私を振り返る。

「おい、リスタ」

ええええっ⁉　せ、聖哉が私を名前で呼んだ⁉　いつも「お前」とか「おい」としか呼ばれなかったのに⁉

「な、な、何よ？」

私の胸はドキドキしていた。

だって此処《ここ》は空中‼　つまり地上からは見えない‼　ま、まさか聖哉、此処で私にエッチなことしようとしてるんじゃ⁉　だ、ダメよ、それはダメッ‼　女神と人間の恋愛は禁則事項なのよ‼

うん……でも、まぁ、ちょっとくらいならいいとは思うけどね？　ってか、キスくらいなら全然いいんじゃないかな？　ってか、アリでしょ、そのくらい？　ってか、むしろキスして欲しいけど？

いや、もう私からキスしちゃおうかな？

妄想全開で唇をタコのように尖《とが》らせた私に聖哉は言う。

「もっとスピードを上げるぞ」

「……はい？」

途端、私の手首を持つ手に力が！　体ごと持って行かれる猛スピードで聖哉が飛翔する！

「あばばばばばば⁉」

私の口にすっごく空気が入る。息すらまともに出来ない。自分では見られないけど、わかる。きっと私の顔は今、とんでもないことになっている。

ちなみに聖哉自身は自分の魔力で飛んでいるから大丈夫だが、引きずられている私はたまったものではない。分かりやすくたとえて言えば、聖哉がジェット機内部の快適な操縦席に座っているとすれば、私はジェット機の外側に縄でくくりつけられているような感じなのである。

凄《すさ》まじい空気抵抗に襲われつつ、やがて……私はとんでもないことに気付いた。愛用の白いドレスの胸元が大きく開き、そこから私のブラが覗《のぞ》いている！　そして今にも片方から中身が零《こぼ》れそうである！

「ヒィイイイ!?　もう止《や》めてええええええ!!　片乳、ハミ出ちゃうからああああああ!!」

だが止まってくれない。私はブラジャー姿のまま、腕を掴まれ、飛行し続けた。


……聖哉がようやくスピードを落としたのは何と数十分後であった。

どうにか胸元を整えた後、私は呟く。

「し、し、し、死ぬかと思った……!!」

「うん？　女神は死なないのだろう？」

そう言いつつ振り返った聖哉は、髪の毛ボサボサ、顔はグチャグチャ、服は乱れまくりの私に気付いた。

「お前……そんなヴィジュアルだったか？」

「‼　アンタのせいで、私こんなズタボロになってんでしょうがあああああ⁉　見てよ、コレ‼　リスタウイングもボロボロなんですけど⁉　ところどころ地肌見えてるんですけど⁉」

「得意の回復魔法で治したらいいだろう。それより静かにしろ。万が一、アイツらに聞こえたらどうする？」

怒り心頭のまま「はぁっ⁉」と叫び、だが、指さされた方向を見て、私は口をつぐんだ。ゲアブランデの広大な平原を行進するアンデッドの大軍が視界に入ったからだ。

高度約二百メートル上空からは小さなアリがわんさか群れをなしているように見える。だが人間より視力の良《い》い私が目を凝らすと、全貌《ぜんぼう》がはっきりした。アンデッドの軍はその殆《ほとん》どがゾンビと骸《がい》骨《こつ》騎士で構成されていた。彼らは歩みこそ遅いが緩やかに南に向かい、前進していた。

「そ、それでどうするつもりなの？　ま、まさかあの大軍に突っ込むんじゃ……？」

聖哉は答えず、またも私の腕を引いた。

「もっと高くまで行くぞ」

「えええ⁉　また飛ぶの⁉」

今度は上に向かい、上昇する。そっと下を見ると、小さかったアンデッドの大軍が更に小さくなっている。

一体、高度何百メートルまで来たのだろう。ようやく聖哉が空中停止した時には、アンデッドの大軍は逆三角形で動く黒い塊にしか見えなかった。

「魔王軍の威を知らしめる為の一斉行軍か。ある種、壮観だが間抜けだな。俺ならリスク回避の為、分散させて行軍させる。なぜならこんなところを爆撃でもされれば、ひとたまりもないからだ」

「た、確かに。でも爆撃って、それは聖哉の世界の話でしょ？　この世界には戦闘機や爆弾なんかないのよ？」

「だがそれに代わる力なら手に入れた」

そして聖哉は天に両手をかざし、目を瞑《つぶ》った。

「……少し静かにしていろ」

そう言われ、待つこと一分間。ふと私の視界が影で覆われた。

――え？　か、影？　こんな空中で？

上空を見上げた時、私はビックリしすぎて飛翔を忘れ、落下するところだった。なぜならそこに発光する巨大な物体が飛来していたからだ。

「こ、こ、こ、コレは⁉」

「『メテオ・ストライク《小隕石飛来衝》』……‼」

言った瞬間、『ゴオッ‼』と音を立て、私達の隣――と言っても百メートルは離れた場所――を通過する。

「僅《わず》か半径十数メートルの小型隕石《いんせき》だが、天空より高速度で飛来するそのエネルギーは凄まじい。多分、一気に殲滅《せんめつ》出来る」

私が何かを言う前に、発光しつつ落下した隕石は逆三角形で行進するアンデッドの大軍に衝突した。

同時に鼓膜が破れる程の大轟音《だいごうおん》!!　炸裂《さくれつ》するように巻き上がる爆炎!!

隕石の落下と言うより、それはまさしく爆撃だった。凄まじい火力を以《もっ》て、着弾するや、アンデッドのいた平原一帯を地獄の業火に包んでいた。

「アンデッド用に隕石の速度を調節した。遅い速度だと衝撃でクレーターを作るのみだが、落下速度を上げれば地表と衝突の瞬間、超高温になって隕石は気化、大爆発を引き起こす。少なくとも一キロメートル四方は焼け野原だ」

「す、すごい……!!」

眼下に広がる火の海を眺め、それくらいしか言葉が出てこなかった。だって、この男は本当に一人で一万の大軍を殲滅してしまった！　それも小隕石の軌道を変え、意のままに狙《ねら》った場所に飛来させるというハイ・ウィザードしか使えない超上位天空魔法によって！

「まぁ、強力だが制限の多い魔法だ。人のいない広大な場所でしか使えんし、しかも発動の為、静かに集中する時間も必要。実際、あまり使えんな」

「で、でもこんな凄《すご》い魔法を一体どこで覚えたの？」

「神界でセルセウスをマウントポジションでタコ殴りしていた時、ふとヴィジョンが浮かんだ。そしてそれがメテオ・ストライク《小隕石飛来衝》になったのだ」

あ、あの時の……!!　ってか、剣神と修行したのに剣の技じゃないんだ……!?　い、いや、まぁ別にいいけど……!!　そ、それにしても……

私は改めて焦土と化した平原を眺めて、思う。

マッシュやエルルには悪いけれど、確かにレベルが違いすぎる。正直、ゲアブランデ攻略はこの勇者一人で事足りるだろう。

「九割方全滅したと思うが、少し心配だ……念の為《ため》にもう一発いっておくか」

事も無げに呟いた後、両手を掲げ、新たなメテオ・ストライク《小隕石飛来衝》の準備をする聖哉を見て、私の口角は人知れず上がる。

ふふ……ふふふ！　すごい！　すごい！　すごすぎる！　四天王のデスマグラだか何だかいう奴《やつ》もきっと今の爆発に巻き込まれて死んだ筈《はず》！　性格はアレだけど、流石《さすが》は一億人に一人の逸材ね！　てか、このメテオ・ストライク《小隕石飛来衝》を魔王城なんかにブチ当てればゲアブランデなんか一気に攻略出来るんじゃや!?　あはははは
っ！　もう楽勝じゃん!!

その時。聖哉の神がかった能力に浮かれ、私はすっかり忘れていた。

そう。此処が救世難度Sの恐ろしい世界ゲアブランデだということを――。

この後すぐに私はそのことを思い知らされることになる。

……悲しい犠牲と共に。

第十六章　届かぬ刃

もう一発の小隕石を落とした後、飛翔《ひしょう》していた聖哉《せいや》がフラついたように見えた。

「だ、大丈夫？　聖哉？」

「流石にＭＰを大量消費した。少し休んで回復したい」

「わかったわ。一旦《いったん》セイムルに戻って宿屋に行きましょう」

眉間《みけん》にシワを寄せ、辛《つら》そうにしている。こんな聖哉は初めてだった。無理もない。あんな凄い魔法を二発連続で放ったのだ。ＭＰはもちろん精神的にも消耗してしまったのだろう。

聖哉は苦々しく呟《つぶや》く。

「１５０００ほどあったＭＰが……今や……１３５００しかないのだ……」

「‼　いや、まだまだ充分すぎる程、ＭＰ残ってっけど⁉」

「バカを言え。こんなにＭＰが減ったところを敵に狙われたら大変だ」

「そ、そうかな……そんなに大変かな……？　う、うん。まぁとにかく宿屋には行きましょう」

相変わらずの慎重ぶりに呆《あき》れつつ、またＭＰが１５０００もあることに驚きつつ、私達はセイムルの町に飛んだのだった……。

セイムルの町に着くと、既に多くのロズガルド帝国の騎士達が集結していた。先程出会った年配の騎士が私達の姿を認め、走り寄って来る。

「よくぞご無事で！　それで……首尾の方は？」

私はありのままを伝えたのだが、

「か、壊滅……？　一万の不死の大軍が……？　ほ、本当ですか？　いや、無論疑っている訳ではないのですが……」

騎士達は愛想笑いしつつ、互いに顔を見合わせていた。いくら勇者といえども、不死の軍団を数時間で滅ぼしたと聞かされ、すぐに信じられないようだった。聖哉は念書を取り出し、報奨金を要求していたが「い、一応、確認に！」と数人の騎士達が馬に乗り、町を飛び出して行った。

年配の騎士は、はぐらかすように「お疲れでしょう」と、私と聖哉を町の宿屋に案内した。


……それは宿屋に滞在して三日目の朝だった。

聖哉の部屋の隣に割り当てられた個室で、髪の毛を櫛《くし》でとかしていると、ノックの音がした。

「もうっ！　やっと準備が出来たの？　……って、あらっ？」

ドアを開くが聖哉はいない。視線を下に向けると、ローブを羽織ったクルクル巻き毛の魔法使い少女、エルルが立っていた。

「え、エルルちゃん？」

エルルは申し訳なさそうにモジモジとしている。

「女神様。この間は何だかごめんなさい。でもどうしても話を聞いて貰《もら》いたくって」

「いいのよ、そんなの。悪いのはこっちだし。それより話って?」

「二日前からマッシュがいなくなっちゃったの。何処《どこ》をさがしてもいないの」

「村に帰ったとかじゃなくて?」

「それだったら私に言ってから帰ると思う……」

泣きそうな顔で告げるエルルを安心させようと、私は肩に手を当てた。

「エルルちゃん。きっと大丈夫よ。もうアンデッドの軍はいない。マッシュがトラブルに巻き込まれている可能性は低いと思うわ」

するとエルルは少しだけ顔をほころばせた。

「うんっ。聞いたよー。町の人達も、その話ばっかりしてるもの。やっぱりすごいんだね、勇者って」

「まぁ凄いは凄いんだけどね」

「今、いないね? 隣の部屋?」

私は深い溜《た》め息《いき》を吐き出しながら言う。

「あの子ったら、あれからず――――っと合成にハマってんのよ……」

そう。聖哉は多額の報奨金を受け取った後、武器屋で武具を買い漁《あさ》ると、部屋に、こもってしまった。何でも新しく手に入れたスキル『合成』を試したかったらしい。それで聖哉はあんなに金を欲しがっていたのだ。

「一応、聖哉に出掛けることは言っておきましょう。勝手に行くと後でうるさいから」

「え……出かけるって……？」

「私も行くわ。一緒にマッシュを捜しましょ？」

「い、いいの？　だって私達、仲間じゃないのに……」

「それは聖哉が勝手に言ってることでしょ。それに女神として困ってる人を放っておけないわ」

「あ、ありがとう！　女神様っ！」

エルルは満面の笑みで微笑《ほほえ》んだ。

私はエルルを連れて聖哉の部屋に行き、扉をノックするが返事がない。

「聖哉？　いるんでしょ？　開けるよ？」

そして扉を開いた瞬間、私もエルルも驚いた。何十もの剣や鎧《よろい》が部屋から溢《あふ》れるように乱雑に置かれていたからだ。剣を前に何やら没頭している様子の聖哉は、ようやく私達の存在に気付いた。

「リスタ。この剣を見てくれ」

滅多に感情を表に出さない聖哉が、少し顔を紅潮させて、私に剣を見せた。白銀の輝きを放つ優美な剣を見て、私は声を上げる。

「これってまさか、プラチナソード⁉　す、すごいじゃない‼　一体、何と何を組み合わせたらこんなのが出来るの⁉」

「発想の転換が必要だった。剣に剣を組み合わせても少し強度が増すだけ。強い武器の合成には触媒として全く別の物を用意しなくてはならなかったのだ」

「触媒？　それって一体？」

「女神の髪の毛だ。お前の留守中に部屋で見つけた。それを鋼の剣と合成して出来たのが、このプラチナソードという訳だ」

わ、私の髪の毛……？　勝手に部屋に入って……？

何だか複雑な気分になって黙っていると、

「このプラチナソードだが、予備にもっと欲しい。だから髪の毛をくれないか。毛根から抜いたものを、千本くらいでいい」

「ハゲるわ‼」

そう言って拒んだが、エルルは目を輝かせ、何故《なぜ》だか尊敬の眼差《まなざ》しを私に向けていた。

「すっごいねー！　髪の毛にもそんな力があるなんて！　流石、女神様っ！」

「ホホホ。ま、まぁね！」

得意げになっていると、ノックの音がした。ドアの向こうから聞き慣れた声がする。

「すいませーん。勇者様にお届け物ですよー」

それは宿屋のおばさんだった。私が扉を開けると、おばさんは布で包まれた縦長の大きな物を両手で抱え、差し出してきた。受け取ると、大きさの割りに案外軽く、私一人でも持つことが出来た。

「何だ、それは？　一体、誰が持ってきた？」

「中身は分かりません。ただ『不死の軍団を破った勇者様に是非とも献上したい』とだけ言って。フードを被《かぶ》った男性でしたよ」

おばさんが部屋のドアを閉めた後、聖哉は訝《いぶか》しげな顔でそれを眺めていた。

「怪しいな。爆発物かも知れん。お前が開けろ」

私が死なないからって女神使いが荒い。それでも私は言われた通り、包みをほどく。すると、中から大きな姿見が現れた。通常の姿見より横幅が広く、大人二人くらいなら並んで映せるような大きさの鏡だ。

「あら、素敵なプレゼントじゃない……って……え？」

私は気付く。木のフレームに収まっているのは鏡ではなく、ガラスのような透明の板であった。壁に立てかけたが、向こうの壁が透過しているだけである。

「な、何コレ？」

だが次の瞬間、姿見から『ざざざざ』と音がして、透明だった板が色を帯びた。

「ひゃっ!?」と声を上げる私とエルル。

「こ、これは一体、何なのよ？」

……今、姿見には不気味な映像が展開されていた。薄暗い空間で誰《だれ》かが椅子《いす》に縄で縛られ、拘束されている。目も布で覆われており、さらに口には猿ぐつわ。着ている麻の服は、血で真っ赤に染まっていた。

一番初めに気付いたのはエルルだった。手で口を押さえ、そこから震える声を出した。

「マッシュ……！　これ……マッシュだよ……！」

その刹那《せつな》。姿見から『コツ、コツ……』と、何者かが縛られたマッシュに歩み寄る音が聞こえてきた。やがて姿見の端から姿を現した男は、マッシュの隣から私達に語りかけてきた。

「見えているかな。そして聞こえているかな。ああ、こちらからはよく見えるよ。男前の勇者に、麗しい女神様、可愛《かわい》い赤毛の少女がね」

それは死神のような黒いローブをまとった小柄な男だった。禿《は》げ上がった頭の下にある卑しい顔には目が三つ。明らかに人間ではない。ソイツは顔に見合った下卑た声で話し続ける。

「不思議だろう？　この鏡はね。魔王様の力のたまものなんだ。それぞれ離れた場所の映像を映すことが出来るんだよ」

不意に男はニヤリと笑った。

「おっと。名乗るのが遅れたね。僕は魔王軍四天王の一人、デスマグラだよ。普段は魔王様の為に、得意な『改造』の能力を活《い》かして、朽ちた人間の死体からアンデッドを作製したりしているんだ」

最悪な状況に私は歯嚙《はが》みする。

こ、コイツがデスマグラ……！　あの行軍にコイツはいなかったんだ……！

「いやはや見事な手前だったたね。雲霞《うんか》の如《ごと》き我が不死の大軍を壊滅させるとは。天空魔法？　凄《すさ》まじい力だ。遠隔でアンデッド達を操作していてよかったよ」

デスマグラがマッシュの肩に手を置く。するとマッシュは小さく体を震わせた。

「ただまぁ、アンデッドとはいえ、あの数を作るのはそれなりに時間が掛かるんだ。流石にやられっぱなしは嫌いでさ。だからちょっとした仕返しをさせて貰ったよ。この少年で、ね」

私の隣でエルルが震えていた。

「……い、いや。やだよ、こんなの」

エルルの声が聞こえたのか、デスマグラは愉快そうに笑う。

「うん、遊んだ。遊んだ。充分、遊んだよ。生きている人間で遊ぶのはやっぱり楽しいね。死体はいくら弄《いじ》っても何も言わないからどうも張り合いがない」

そしてデスマグラはナイフをマッシュの首にあてがった。

「けど、もう飽きた。今から殺すね」

エルルの絶叫が部屋に木霊する。デスマグラは残忍な目をこちらへ向けていた。

「勇者よ。これは全て、お前の責任なんだ。僕の軍勢を卑怯《ひきょう》な手で壊滅させたお前のね」

だが「ううう」と唸《うな》るマッシュに気付いたデスマグラは、

「おや。命乞《いのちご》いかな？」

マッシュの猿ぐつわを取った。するとマッシュは息も絶え絶えに声を振り絞った。

「よ、よう、勇者。お前、い、一万の軍勢をやったんだってな……」

想像を絶する苦痛と恐怖に抗《あらが》うように、マッシュは声を張り上げた。

「この糞《くそ》勇者が‼　だが、テメーは本物だよ‼　俺なんかとはものが違う‼　だから、」

目隠しをされている布から血の涙が伝う。

「だから……俺の代わりに世界を救ってくれ……‼」

マッシュの叫びを聞き、私は思わず姿見から目を逸《そ》らした。

見ていられなかった。聞いていられなかった。マッシュはもう自分が助からないと分かっているのだ。だからあんなに嫌う聖哉に自らの願いを託したのだ。

デスマグラはつまらなそうな顔で言う。

「あれあれ？　命乞いじゃなかったんだ？　拷問中は泣きわめいていた癖に威勢がいいね。まぁその元気の良さも、もう二度と見られなくなる訳だけど」

エルルが私の腕を強く摑《つか》んだ。

「女神様！　マッシュを助けて！　身よりのない私にはマッシュだけなの！　だから……お願い……！　お願いします……！」

私は頭をどうにか回転させる。だがこの状況でマッシュを助ける手段はどう考えても思いつかなかった。

何も言えず黙ったままの私から手を離すと、エルルは床に這《は》いつくばり、嗚咽《おえつ》を漏らし始めた。

「やだよぉ……誰か……誰かマッシュを助けてよぉ……」

私達二人の様子を見て、デスマグラは楽しそうに笑っていた。

「そうそう。分かって欲しくてね。たとえ一万の軍を滅ぼせたとしても、大切な一人の人間を救うことが出来ないってことを」

だが聖哉の方に視線を移したデスマグラの顔が曇る。

「おやおや。流石《さすが》は勇者。こんな時でもたいして取り乱していないね。聞いた話によると、お前は慎重らしいから、ひょっとしてこの場所を既に探知し、誰か仲間を潜入させているのかい？」

言い終わった後、デスマグラは本性をさらけ出し、悪魔の顔で哄笑《こうしょう》した。

「ぎゃははは‼　流石にそんなことは不可能だよな‼　何が勇者だ‼　無力なんだよ、テメーは‼　そこでコイツが首かっ切られるのを黙って見てやがれ‼」

罵《のの》られても顔色一つ変えず、聖哉は私の耳元で小声で囁《ささや》いた。

「リスタ。神界への門を開けておけ」

「う、うん。だけど……」

いくら時間の流れが遅い統一神界に行ったところで、今まさに首を切られる寸前のマッシュを救うことは出来ない。

「いいから開けろ。それにしても……」

聖哉はデスマグラの声など聞こえていないように、いつも通り冷静に言う。

「竜族のマッシュか。なかなかの根性だ。荷物運びくらいにはしてやるか」

聖哉の言葉が耳に入ったのか、デスマグラが顔色を変える。

「おい、お前。今、何て言った？」

「……同じ事が起きた時のシミュレーションは常にしていた」

「だから、お前は何を言っているんだよ？」

イライラした様子のデスマグラ。私も聖哉の意図するところが分からない。

「ケオス＝マキナの時と同じだ。俺は水晶玉からニーナの父親が殺されそうになっている映像を見た。ならば同じ状況で、あの時より時間に余裕がない場合、どうすれば良《い》いか。それをずっと考えていたのだ」

そして聖哉は腰を落とし、手を鞘《さや》の剣のグリップに当てた。攻撃の動作に気付いたデスマグラは三つの目を大きく見開いた後、口を大きく歪《ゆが》めた。

「このバカが！　攻撃の構えだと？　目の前の鏡に映ってるからって、俺はそこにはいねえんだ！　届かねえんだよ、お前の剣は！」

　そして遂にナイフをマッシュの喉元《のどもと》へと向けた。

「ひゃはははははは‼　我が軍を滅ぼした罪を思い知るがいい‼」

「やめてえええええええ‼」

　エルルが叫ぶ。だが私は殺される寸前のマッシュではなく、聖哉を見ていた。

　鞘から僅《わず》かに出た刀身の一部が、眩《まばゆ》く光り輝いている。そして次の瞬間、目にも留《と》まらぬ素早さで光を放つ剣を鞘から抜くや、鏡に向けて薙《な》ぎ払うように一閃《いっせん》！　それと同時に鏡の向こうでナイフを持っていたデスマグラの腕が、どす黒い血液を噴出させて弾《はじ》け飛ぶ！

　自らの腕が斬《き》り落とされ、無くなっていることに気付いたデスマグラが叫ぶ。

「こ、こ、こんな‼　こんなことがあああああああ⁉」

　剣を振り切った状態で、勇者は鷹《たか》のような目をデスマグラへと向けていた。

「空間を切り裂く光子《フォトン》の刃《やいば》――　『ディメンション・ブレイド《次元裂光斬》』……！」

第十七章　大女神

今、目の前で起こった奇跡に私は心の底から震えていた。

――空間を切り裂き、届かない筈《はず》の世界に到達する超空の斬撃《ざんげき》ディメンション・ブレイド《次元裂光斬》……って何ソレ、すっげえええええええ⁉　一体どういう原理⁉　この勇者の能力、もう神レベルなんだけど⁉

だが感極まっている最中《さなか》、私の手は誰かにグイと引かれた。

……気付けば、私は聖哉《せいや》と一緒に統一神界への門を潜《くぐ》り抜け、一面真っ白な召喚の間にいた。

「ふえっ？」

あまりに突然のことに意味も分からず惚《ほう》けていると、聖哉が私の頭を叩《たた》いた。

「痛っ⁉　ちょっと何すんのよっ⁉」

「ボサッとするな。本番はこれからだ」

「ええっ？　本番って？」

「ディメンション・ブレイド《次元裂光斬》はデスマグラの片腕を斬り落としただけだ。今、奴《やつ》は一種の錯乱状態だろうが、すぐに逆上してマッシュを殺すだろう」

「た、確かに！　どうしよう！」

「だからこそ時の流れがゲアブランデの百分の一しかないこの神界に来たのだ。奴が錯乱状態から立ち戻り、再度、武器を取ってマッシュを殺害するまで早ければあと十秒といったところだろう。つまり……」

そして聖哉はツカツカと歩き、召喚の間の扉を大きく開く。

「つまり、今より開始、十五分以内に此処《ここ》、統一神界にてあの場に辿《たど》り着く方法を見つけ、マッシュを救出する。わかったら付いてこい」

一瞬戸惑った後、

「は、はいっ!! わかりましたっ!!」

私は先輩の神々に対して言うような大きな声で聖哉に返事していた。


……その後、聖哉に言われるままに神殿内を案内し、大女神イシスター様の部屋の前まで辿り着くも、扉の前で躊躇《ちゅうちょ》していた私を聖哉が急《せ》かした。

「どうした？ 此処には神界で一番偉い女神がいるのだろう？ 早く扉を開けろ」

そ、そりゃあ確かにイシスター様ならマッシュの居場所を特定することも出来るかも知れないけど……

私は扉を開く前に聖哉に念を押す。

「いい？ ホントにすっっっっごい女神様なんだからね？ くれぐれも粗相のないようにね？」

「わかった」

「本当に大丈夫？ 事情は私から説明するから、聖哉は黙っていてよ？」

「わかった、わかった」

私は咳払《せきばら》いした後、豪奢《ごうしゃ》な装飾の施された扉を開く。イシスター様はいつものように椅子《いす》に腰掛け、編み物をしていた。

「失礼します。治癒の女神リスタルテです。本日はイシスター様に直接お話を聞いて頂きたく、」

かしこまって喋《しゃべ》っている最中、背後の勇者が私の前に躍り出た。

「お前は話が長い。俺が簡潔に言う。いいか、バアさん。今からゲアブランデにマッシュルームを探しに行く。だからマッシュルームのところに通じる門を出せ」

「ちょっとォォォ⁉　私『黙ってて』って言ったよね⁉　それからマッシュルームじゃなくてマッシュだよ‼　キノコ狩りに行くみたいになってるよ‼」

つーか大女神に対してなんつー口の利き方すんのよ‼　そしてさっきまで、ちゃんとマッシュって言えてたのに、なんでまたキノコに戻りやがった⁉　……と憤まんやる方なしの私だったが、イシスター様は普段と全く変わりなく、穏やかに微笑《ほほえ》んでいた。

「ほっほっほ。要は仲間を捜して欲しい、ということでしょうか。しかし、過度に人間を助けることは神界の法で禁止されているのですが……」

「普段、この女がやっているようにゲアブランデの特定の位置に門を出現させるだけだ。何の問題もない。違うか？」

「ふむふむ。確かにそういう風に言われると問題はないのかも知れませんねえ」

「そうだろう。ならば急げ」

「はい、はい」

私はハラハラしているが、イシスター様は聖哉の言葉遣いなどまるで気にする様子もなく「よっこいしょ」と立ち上がると棚から大きな水晶玉を持って来て、それにしばらく手を当てた。

「……わかりました。場所はクライン城付近の森、その地下ですね。どうやら広い地下室の中に囚《とら》われているようです」

「さ、流石はイシスター様!! ……そ、それでどうするの、聖哉? 前みたいに少し離れた位置に門を出して貰《もら》う?」

「いや、今回は前と事情が違う。死にかけキノコの目前でいい」

「目の前ですね。ええ、ええ。わかりましたよ」

イシスター様は呪文《じゅもん》を唱え、ゲアブランデへの門を出現させた。統一神界に来てから、この間、僅か十分以内。マッシュの救出には充分、間に合うだろう。

私は深々と頭を下げる。

「イシスター様、本当にありがとうございました!! このお礼は後日、必ず!! ホラ、聖哉も感謝しなさいよっ!!」

「よくやった。褒《ほ》めてやろう」

「!? 何様なんだよ、お前は!! ……ってか、聖哉!! 念の為《ため》に聞くけど、アンタ、アンデッド対策は大丈夫よね? きっとデスマグラの奴、私達が門を出た瞬間、ゾンビやらスケルトンやらワラワラ出してくるよ?」

聖哉はジト目を私に向ける。

「誰《だれ》にものを言っている？　無論、レディ・パーフェクトリー《準備は完全に整っている》」

そして自ら門に進んだ聖哉の左手を見て、私は目を見張った。

……なるほど。確かに準備は完璧《かんぺき》らしい。なぜなら既に左手は業火に包まれている。

「門を開くと同時に奴にヘルズファイア《地獄の業火》を叩き込む。お前はその隙《すき》にキノコを捕獲しろ。いいな？」

「りょ、了解！」

よ、よぅし！　私も気合い入れて頑張らなくちゃ！

だが、聖哉が門を開けようとした瞬間、

「……竜宮院《りゅうぐういん》聖哉」

イシスター様が急に聖哉の名前を呼んだ。

「なんだ？」

「成長しましたね」

「まるで以前から俺を知っているような口ぶりだな。俺はアンタと今日、初めて会ったように思うが？」

腑《ふ》に落ちない様子の聖哉だったが、ふと納得したように頷《うなず》いた。

「ああ、そうか。ボケているのか」

私はもはや我慢できなかった。

「さっきからいい加減にしろや、テメ――――ッ!!

「ボケてる訳ねーだろがァァァ!! イシスター様は何でも見通せんだよォォォ! 『病的に慎重で態度もデカくて口も悪いお前が、仲間助けに行くなんてほんのちょっぴり僅かばかりだけど成長したね、よかったね』ってそう言ってくれてんだよォォォ!!」

ものすごい剣幕でがなり立てた後、

「ねっ? そうですよね、イシスター様!」

と尋ねたが、大女神イシスター様は何も言わず、ニコニコと微笑んでいた。

聖哉は「フン」と鼻を鳴らす。

「仲間を助けるなどそんな大それたことではない。ただのキノコ狩りだ。さぁ行くぞ」

今度こそ私達はゲアブランデへと通じる門を開いた。背後から、

「どうかご武運を……」

イシスター様の優しい声が聞こえていた。

第十八章　知略

門を出た瞬間、薄暗く、だだっ広い拷問部屋で「手が！　俺の手があああああ！」と、叫び、のたうち回るデスマグラに向け、既に聖哉《せいや》がヘルズ・ファイア《地獄の業火》の宿った左手を伸ばしていた。

「……あ？」と、デスマグラが闖入者《ちんにゅうしゃ》に気付き、三つ目を聖哉に向けた刹那《せつな》、

「燃えろ。ヘルズファイア……！」

聖哉の腕から出た炎がデスマグラを包んだ。

よ、よっし！　案外簡単にいけたわね！　警戒してたけど、周りにはアンデッドもいないし！

そうとなれば、デスマグラの始末は聖哉に任せて、私は椅子に縛られているマッシュに近付き、縄を解《ほど》いた。

「大丈夫、マッシュ⁉」

「あ、ああ……」

すぐに目隠しも外す。そうして改めてマッシュを見て……私は思わず顔を背けそうになった。

体中に火傷《やけど》の痕《あと》、そして両手の生爪は全て剝《は》がされている。マッシュは私を見て、どうにか笑顔を繕おうとしているが、ところどころ抜け落ちた歯が痛々しい。

腹の底から怒りが込み上げる。

あのサド趣味の三つ目ハゲ！　十代も半ばの少年によくもこんな酷《むご》い拷問を！

「すぐに治してあげるからね！」

私は治癒魔法を発動する。まずは全身の疲労を取り除き、火傷を治すことに力を注いだ。

治癒を続けながら、「そろそろトドメを刺している頃《ころ》かしら」と何気に聖哉の方を見て……私は目を疑った。

炎に包まれたデスマグラを前に、聖哉が眉間《みけん》にシワを寄せ、苦々しい顔をしている。普段、あまり感情を表に出さない聖哉にしては珍しい表情だった。

だ、だけど、一体どうして？　デスマグラはヘルズファイアに焼かれているのに？

しかし、私はようやく気付く。確かにデスマグラは炎に包まれている。しかしそれはヘルズファイアの赤い炎ではなかった。デスマグラの体を覆っているのは黒い炎。しかもそれが聖哉のヘルズファイアから身を守っているようである。

ヘルズファイアの炎が消えた後、その黒い炎はデスマグラの体を離れ、デスマグラの隣で瞬時に、二メートルはあろうかという人の形を象《かたど》ってゆく。

「な、何なの……一体……!?」

私の言葉に、マッシュが俯《うつむ》いていた顔を上げ、目も鼻もない黒き炎の怪物を見た。その途端、マッシュは激しく体を震わせる。

「あ、あ、アイツ……!!　アイツは……アイツは……!!」

「マッシュ？　ど、どうしたの？　落ち着いて！」

顔面蒼白《そうはく》のマッシュは、歯をカチカチと鳴らせている。

一方、デスマグラは布で左手を縛り、傷の応急処置をしながら聖哉を睨《にら》む。

「今のがケオス＝マキナを葬った得意の火炎魔法か？　だが効かんな。魔王軍直属四天王デスマグラを舐《な》めるんじゃあな、」

話の終わりを待たず、聖哉は剣を抜き、先手必勝とばかりに炎の怪物に斬《き》りかかっている。恐るべき速度で瞬時に間を詰め、怪物の肩から胴にかけて斬り抜けた筈《はず》の剣は、だが、傍目《はため》にもまるで手応《てごた》えがなかった。実際の炎を剣で斬ることが出来ないように、モンスターは聖哉に斬られる前と今とで、まるで変わりがない。

——こ、これはひょっとしてゴースト系モンスター⁉　な、なら‼

「聖哉‼　聖水よ‼　聖水を剣に塗って攻撃してみて‼」

しかし聖哉は首を振る。

「剣には既に聖水を付けてあった。だが効いていない」

え……も、もう付けてたの？　いつの間に……？　さ、流石の抜け目なさね……ってか、

「じゃあ何で効かないの⁉　ソイツ、ゴーストじゃないの⁉」

私の声を聞いて、デスマグラが含み笑う。

「コイツの名は『ダークファイラス』。数百体ものモンスターによる実験を繰り返した結果、生まれた我が右腕。最強の火属性モンスターだ」

「火属性モンスター⁉　アンタ、アンデッド使いでしょうが⁉」

「俺が作るのはアンデッドだけじゃあないんだよ！　『モンスター全般の改造』が俺の特技だ！

勝手に勘違いしてんじゃねえ！　バカが！」

ぐっ、誰がバカよ!!　調子に乗ってくれちゃって!!　確かに騙《だま》されてたけど、だから何だってのよ!!　アンデッド系じゃないと分かれば、その対応をするだけよ!!

私がダークファイラスの弱点を突き止めるべく、能力透視を発動しようとした時、

「ステータスを見るつもりか？　別にいいぞ。ダークファイラスは誰かのように姑息《こそく》な『偽装《フェイク》』のスキルを使っていたりはしないからな」

「……それを知ってるってことは、アンタ、聖哉のステータス、覗《のぞ》いたのね？」

「偽装のレベルを上げに上げているせいで本来の能力値は分からなかったが、まぁ問題ない。ダークファイラスは無敵だからな」

はっ！　実際に聖哉のステータスを見たら、そんな事は口が裂けても言えないだろうけどね！　女神《メガ》ミック《ミック》パワー《パワー》を使いまくるし、目が潰《つぶ》れそうになるから私も最近見てないけど、きっとケオス＝マキナ戦より遥《はる》かにずっと向上している筈よ！

そして私は目を凝らし、敵のステータスを見る。デスマグラの言う通り、偽装のないダークファイラスのステータスは瞬時に私の視界に映った……。

ダークファイラス
Lv：74
HP：80187　MP：9215

攻撃力：31559　防御力：135875　素早さ：10741　魔力8377
耐性：火・風・水・雷・土・聖・闇・毒・麻痺《まひ》・眠り・呪《のろ》い・即死・状態異常
特殊スキル：全武器攻撃無効化（Lv：MAX）　火炎系魔法無効化（Lv：MAX）
　風系魔法無効化（Lv：MAX）　水系魔法無効化（Lv：MAX）
　雷系魔法無効化（Lv：MAX）　土系魔法無効化（Lv：MAX）
　光系魔法無効化（Lv：MAX）　闇系魔法無効化（Lv：MAX）
特技：デッドリーフレイム《完全黒死炎》
性格：デスマグラにのみ従順

ケオス＝マキナを軽く上回る攻撃力、素早さ……しかし私が驚いたのは、とんでもない防御力と、このモンスターが持つ特殊スキルだった。

「防御力十万超え……全武器攻撃無効化に加え、ほとんど全ての魔法が無効……!?」

な、な、な、何よ、コレ!?　これじゃあ聖哉に勝ち目がないじゃない!!

火炎が効かなくても、たとえば聖哉のウインド・ブレイド《裂空斬》は風を伴う風属性の剣技。またアトミック・スプリットスラッシュ《原子分裂斬》は土属性を孕《はら》んでいる。だが火、風、土の魔法を無効化し、さらに剣による攻撃も無効化するとなると……唯一、コイツにダメージを与えられるのは……

「ひょ、氷結魔法のみ……!?」

「その通り。しかし、それにも順序があってね。いきなり氷結魔法を繰り出してもダークファイラスには効果がないんだ」

デスマグラは楽しそうに嬉々《きき》として喋《しゃべ》る。

「俺は親切だから教えてやるよ。いいかい。まず、特技『振動波』を用い、ダークファイラスの体の分子構造に乱れを起こす。そうしておいてから、氷結魔法で、ダークファイラスの属性を火から氷へと変換し、物質化させる。これでめでたく武器攻撃無効は解除。物理攻撃が効くようになる。ここまでした後、ダークファイラスの防御力を上回る攻撃力で攻撃すれば倒せるだろう」

「ほう。本当に親切だな」

聖哉が感心したように呟《つぶや》くが、私は聞かされた事実に総毛立っていた。

なぜなら第一に、特技・振動波は打撃スキルLv：7以上で習得できるが、そもそも『打撃』は、剣と魔法の世界ゲアブランデに於《お》いて、およそ意味のないマイナースキル。剣を扱う剣士が拳《こぶし》による『打撃』を特殊スキルとして持っていること自体がありえない。さらに火炎魔法が得意な術師が、その対極である氷結魔法を扱うことは魔術理論的に不可能。さらにさらに、この二つを仮に奇跡的にどうにかクリアしたところで、待っているのは鉄壁以上の恐るべき防御力……。

青ざめた私の顔を見たデスマグラはニヤリと笑う。

「そうだよ‼　不可能だからあえて教えてやったんだよ‼　絶望して貰《もら》う為《ため》にな‼　剣があるのに誰が、わざわざ打撃のスキルなど磨く⁉　それに火炎魔法と対極の氷結魔法を習得することは人間には絶対に不可能‼　さらに武器攻撃無効化を解いたところで防御力は十万以上‼　お前らがダークファイラスに勝つ可能性は０％なんだよ‼」

デスマグラは勝ち誇ったように哄笑《こうしょう》した。

「ひゃはははは!! 勇者よ!! 俺の左手を斬り飛ばした直後、この場所まで瞬間移動して来たのには恐れ入ったよ!! だが、このデスマグラはそんな最悪な事態すら既に想定済みよ!!」

そして自信ありげに黒き炎の怪物をアゴで指し示す。

「アンデッド対策をして戦いに臨む者を待ち受けるのは、アンデッドの弱点とは無縁の火属性最強無敵モンスター!! 俺は、あらゆる状況を想定し、策を打っているんだ!! いいか!! これこそが知略に長《た》けし者の戦闘だ!!」

な、なんなのよ、このデタラメな難度の敵は!? ラスボスとの最終決戦じゃあないのよ!? こんな敵、攻略不可能じゃない!! ……い、いや、だけど!! だけど、このありえないくらいの慎重勇者なら、きっと今回も何らかの準備をして、奇跡的な逆転劇を……

一縷《いちる》の望みを託し聖哉に視線を向ける。すると、

「……何ということだ」

聖哉がボソリと、そう零《こぼ》していた。

「せ、聖哉?」

「驚いた。これは驚いたぞ」

せ、聖哉がそんな言葉を吐くなんて……!? やっぱり勝つのは不可能なの……!?

私は悲嘆に暮れる。だが、デスマグラに鋭い視線を向けた勇者はいつもと変わらぬ淡白な表情だった。

「『あらゆる状況を想定して策を打つ、それが知略に長けし者の戦闘』――か。本当に驚いたな。どうしてお前はわざわざ大声で、そんな『普通のこと』を言ったのだ？」

第十九章　もっと恐ろしいもの

聖哉《せいや》の言葉を聞いて、デスマグラは、かぎ鼻をヒクヒクと痙攣《けいれん》させていた。

「『普通のこと』……だ？　ならお前は、この窮地を予想していたってのかよ？」

「アンデッド以外の敵が現れるのは当然、想定済みだ。更に火炎魔法が得意な俺の隙《すき》を衝《つ》く敵がいずれ現れることもな。そしてその為の対策は既に用意してある」

「へえ……そうかい……対策は用意してあるのかい……」

オウム返しした後、デスマグラは三つの目を大きく見開いた。

「バカが‼　俺の話を聞いてなかったのかよ‼　対策も何も、このダークファイラスに勝てる訳がねえだろうが‼」

デスマグラの怒声に、聖哉ではなく、マッシュが先に反応していた。

「そ、そうだ……勝てやしない……！　どんな攻撃も通じない……！　アイツは……ダークファイラスは無敵なんだ……！」

デスマグラに首を切られかけた時、マッシュは聖哉も感嘆する程、強い態度を見せ、命乞《いのちご》いすらしなかった。だが、ダークファイラスを見た瞬間、マッシュの虚栄は消し飛んでしまった。きっとダークファイラスの恐ろしさを身をもって知っているのだろう。

私は一人、唇を噛《か》む。

体の傷は回復魔法で元通りになる。だが、負わされた心の傷は一生消えない。

――この子は、もう戦士として……ダメかも知れない……。

震えるマッシュの肩を抱きながら、私はそう感じた。

マッシュの怯《おび》えた声を聞き、デスマグラが笑う。

「そうだ‼　ダークファイラスは無敵だ‼　多少の準備をしたところで勝てやしねえんだよ‼」

広い拷問部屋に響く哄笑。だが、聖哉の毅然《きぜん》とした声がその笑いを遮る。

「多少の準備、ではない」

そして挑発するようにデスマグラを睨む。

「レディ・パーフェクトリー《準備は完全に整っている》」


いつもの自信に満ちた聖哉の声を聞き……私は思う。

――いや……一つだけ……たった一つだけ、マッシュの心の傷を癒《い》やす方法があるわ……！

私はマッシュを強く抱き締める。そして小刻みに震えるマッシュの耳元で囁《ささや》いた。

「マッシュ。見ておきなさい。デスマグラより、そしてダークファイラスなんかより、もっと恐ろしいものがこの世界にあるということを……」

……不安はある。いや、現実に考えたら不安しかない。私だってこんなバケモノに勝つのは常識的に不可能だと思う。だけど聖哉は……このありえない程の慎重勇者が、いつもと同じ余裕振った表情で、いつものように言ったんだ。

『レディ・パーフェクトリー』と！　なら……私は信じよう！　私が選んだこの勇者を！

「ケッ!!　すぐにその生意気な顔から、血の気を引かせてやるよ!!」

不敵にそう叫ぶデスマグラ。その前でデスマグラを守るようにしていたダークファイラスに変化があった。

目鼻のないダークファイラスだが、その顔の下半分――口と思《おぼ》しき場所が――大きく開く。その口腔《こうこう》には体表と同じ闇《やみ》のような黒い炎が充満している。

デスマグラは、聖哉から一直線上の背後にいる私とマッシュを見て、ほくそ笑んだ。

「着火したが最後、対象を燃やし尽くすまで消えない炎『デッドリーフレイム《完全黒死炎》』!!　勇者よ!!　お前が避《よ》ければ後ろの奴《やつ》らが巻き添えを食うぞ!!　女神は死ななくとも、そのガキは丸焼けになるだろうなあ!!」

――し、しまった!!　なんてこと!!　もっと気を配って聖哉から離れていれば!!

だが、聖哉は私を責める素振りもしなかったし、さらには慌てる素振りすら見せなかった。

「着火したら、か。だがその技が日の目を見ることはない。なぜなら、その前に俺が攻撃するからだ」

言いながら、剣を鞘《さや》に仕舞い、少し腰を落としている。

「む……！　来るか？　ダークファイラス、」

デスマグラがダークファイラスに指示するより早く、右手を大きく引いた聖哉が、デッドリーフレイム《完全黒死炎》を吐き出そうとしているダークファイラスの目前にいる。

「は、速い!?　なんだ、この速度は!?」

デスマグラが唸《うな》る。瞬間移動と見まがうスピードでダークファイラスとの間を詰めた聖哉は、引いていた右掌をダークファイラスの腹部に打ち付けた！

しょ、掌底打ち……！　だけど、これはただの掌底じゃない！　なぜならヒットした瞬間、ダークファイラスの体のみならず、周りの空気が振動している！

――こ、これは……『振動波』……!!

打撃スキル中段以上で身につく特技・振動波は通常、敵の動きを一時的に止める効果のある打撃技。しかしダークファイラスの動きに変化はない。それでも別の効果はあった。デスマグラが言っていたように、ダークファイラスの分子構造が乱れ、体を構成する黒き炎が通常の赤い炎へと変わっている。

デスマグラが叫ぶ。

「し、振動波を会得しているだと!?　バカな!!　お前は剣士だろ!?　どうしてそんな意味のない特技を持ってるんだよ!?」

「……仮に剣を封じられたら残るは己の拳のみ。打撃スキル習得は当然だ」

「け、剣士は普通、そんなこと考えねえだろうが!!」

「俺は自分を剣士だとは思っていない。故に剣にばかり頼るような真似《まね》はしない。なぜなら今回のように剣が効かない敵が出てくるかも知れないし、剣が戦闘中に折れる時だってあるかも知れない。また剣を敵に盗《と》られる場合もあるかも知れないし、他《ほか》にも剣が急に溶けたり、錆《さ》びたり、虫が食ったりするかも知れない」

聞きながら、デスマグラも私も息を呑《の》んでいた。

さ、さすが病的な慎重振り!! 剣に虫が食うことは絶対にないとは思うけど……とにかくナイスよっ!!

それにしても、デスマグラは聖哉が振動波を持っていたことに喫驚《きっきょう》しているが、私は『ひょっとしたら……』とは思っていた。

だって神界でセルセウス様をマウントでタコ殴りしてたもんね！ やっぱりアレはイジメじゃなくて打撃の訓練だったんだ！ ホントによかった！ 色んな意味で！

「き、聞くに違《たが》わぬ用心深さだな!! だが、ここまでだ!! 次こそは絶対にない!! 火炎系の術者が氷結魔法を使える訳がないからな!! ……行け!! 喰《く》らわせろっ!! ダークファイラス!!」

「えっ！」と私は驚く。口から炎を噴射すると思い、身構えていたのに、ダークファイラスは拳を振りかぶり、聖哉を襲ってきたのだ！

「デッドリーフレイム《完全黒死炎》ばかりを警戒していたな!! ダークファイラスの拳は超高温の凶器!! 触れただけで焼け落ちるぞ!!」

「せ、聖哉っ!?」

既にかわせない程にダークファイラスの拳《こぶし》が聖哉に至近していた！ だが、聖哉も同じように左拳をダークファイラスの拳に向けて放っている！

「バカめ!!　ダークファイラスの拳を、人間如《ごと》きの拳で防ぐ気か!?　ケケケッ!!　腕ごと気化してしまえ!!」

攻撃の為《ため》、一時的に物質化しているであろうダークファイラスの拳と、聖哉の左拳が、かち合わさった時。腹に響くような巨大な音が鳴り響き、同じく発生した衝撃波で私は一瞬、目を閉じてしまった。

……その後……ゆっくりと目を開き……そして、私は密着した二人の拳を見た。

聖哉の拳に変化はなかった。逆にダークファイラスの拳から手首……そして二の腕まで……ピキピキと音を立て、青く、そして透明になっていく！

――だ、ダークファイラスが……こ、凍っていく!?

その変化は胸を伝わり、腹部を伝わり、やがて全身に広がった。今、ダークファイラスは赤から青へと体表色を変化させていた。

「ひょ、氷結魔法だとおおおおお!?　バカな、バカな、バカな!!　そんな筈《はず》はない!!　火炎魔法と氷結魔法は対極!!　二つを同時に扱える筈がない!!」

私も何が何だか分からない。デスマグラの言っていることは正しい。対となる属性の魔法は同時に習得出来ない。それは覆すことの出来ない魔法理論なのだ。

――なのに、どうして!?

そして振り切った聖哉の腕をまじまじと眺め、私は気付く。

その腕に今まで見たことのない腕輪がはめられている！　デスマグラも気付いたらしく、声を上げた。

「ま、まさか、それは……氷属性を付与する道具なのか⁉」

氷属性付与の腕輪‼　なるほど‼　それなら魔法が使えなくても同等の効果を生み出すことが出来る‼　だ、だけど、そんなレアなアイテム、武器屋にも道具屋にも売っていなかった筈‼　一体、何処《どこ》で……⁉　あっ……

「合成‼　合成で作ったの⁉　そうなのね、聖哉⁉」

私の声に聖哉はコクリと頷《うなず》いた。

「す、すごい‼　で、でもそんなレアアイテム、一体どんな組み合わせで合成したのよ⁉」

「『普通の腕輪』に『氷』……そして例の如く、お前の髪の毛を入れた。そしたら、出来た」

「……え」

ま、まさか、また私の部屋に勝手に入って……？　ふ、ふくざつ‼　で、でもいいわ‼　私の髪の毛なんかで、この窮地をしのげるのならば、いくらでもくれてやるわっ‼

「ちなみにもっと色々ある」

「は……？」

まるで手品師のように聖哉は、懐から大量の腕輪を取り出した。

「雷属性付与の腕輪、光属性付与の腕輪、闇属性付与の腕輪などなど……無論、スペアもある。全部、お前の部屋に散らばっていた髪の毛を入れたら、出来た」

いや私の部屋、髪の毛、散らばりすぎじゃね⁉　将来ハゲるのかしら、私⁉

だが、それはまた後でゆっくり考えよう。それより、今はダークファイラスだ。

腕輪の効力で凍ったように見えるが、別に動けなくなった訳ではないらしい。だが、ユラユラ揺れていたのが固まり、物質化している。つまり、

「いけるよ、聖哉‼　今なら物理攻撃が出来るわ‼」

二度続いた奇跡に私は歓喜し、逆にデスマグラは恐怖していた。

「まさか、まさか、まさか‼　この上、ダークファイラスの防御力を上回る攻撃力まで持っているというのか⁉」

しかし聖哉の口から出たのは意外な言葉。

「残念ながら今の俺にそこまでの攻撃力はない。通常の攻撃では傷を負わせることすら出来ないだろうな」

「ええええっ⁉」

私は一転、天国から地獄に突き落とされたような気分になり、代わってデスマグラは安堵《あんど》の表情を見せる。

しかし。勇者は独りごちるように淡々と喋《しゃべ》る。

「だがそれでも問題はない。物質化し、氷属性になった敵に効果的なのは当然、炎による攻撃。だが、フェニックス・ドライブ《鳳凰炎舞斬》を用いてもコイツの防御を崩すのは不可能。ならば、」

そして聖哉はバックステップし、ダークファイラスから距離を取った。

デスマグラが危機を察知し、叫ぶ。

「ま、まずい‼　何かしようとしているぞ‼　ダークファイラス‼　距離を詰めろ‼　事前に攻撃を封じるんだ‼」

だが聖哉は既に鞘から剣を抜いている。見ると、高い攻撃力を誇るプラチナソードの白銀の刀身が、紅蓮《ぐれん》の炎に包まれている。

ダークファイラスがデスマグラの指示通り、聖哉との間を詰めようとしたが、

「……もう遅い」

同時に炎の剣を大きく引いた聖哉が、ダークファイラスに突進している。

両者がぶつかるや、凄《すさ》まじい衝撃が部屋を揺らした。両腕を掲げ、聖哉を捕らえようとしたダークファイラス……だがその腕は宙で止まったまま動かない。なぜなら、ダークファイラスの胸には聖哉の剣が突き刺さっている。

「灼熱《しやくねつ》の一点集中打突……『フェニックス・スラスト《鳳凰貫通撃》』……！」

途端『バギバギ』と！　まるで氷を打ち砕くような音を立て、剣がダークファイラスの胸を突き抜ける！　さらに打突によって出来た胸の亀裂《きれつ》が体中に広がってゆく！

聖哉が剣を鞘に仕舞った瞬間、ダークファイラスの体は炎と共に爆発を起こし、粉々に砕け散った。

「や、やった……‼　勝った……‼」

そう呟《つぶや》いた私の腕を、いつの間にかマッシュが強く握りしめていた。

「な、なんだよ……！　どうなってんだよ、これ……！　勝率0％じゃなかったのかよ……！

どうして……どうして……あんなバケモノに勝てるんだよ……！」

マッシュはやはり震えていた。しかし先程までの怯《おび》えによる震えとは違う。顔に赤みが差し、目をしっかりと開き、己を恐怖させた怪物を無傷で屠《ほふ》った勇者を見詰めていた。

私も興奮し、茫然《ぼうぜん》自失のデスマグラに向かって中指を立てる。

「見たかっ!!　これが一億人に一人の逸材よっ!!　ざまあみろっ!!」

「こんな、こ、こ、こ、こ、こ、こんな……!!」

ガクガクと震え、後ずさるデスマグラ。

「私のことバカとか言ってたわよね!?　でもバカはアンタだったわね!!　調子に乗って攻略法を教えたりするからこんなことになるのよっ!!」

聖哉が乱れた髪を整えつつ、ボソリと呟く。

「まぁ別に教えてくれなくとも、すぐに正解には辿《たど》り着いたがな」

「うんっ！　そうよねっ！　聖哉は完璧《かんぺき》な最強勇者だもんねっ！」

私は上機嫌でニコリと聖哉に微笑《ほほえ》む。だが聖哉は喜怒哀楽のない表情をデスマグラに向けていた。

「では……残ったもう一匹をさっさと片付けた後、二度とダークファイラスが復活しないよう、この部屋全体を全力でもって盛大に大掃除しよう……」

「どうぞ、どうぞ！　思う存分、ごゆっくりどうぞ！」

……私とマッシュが拷問部屋を出た後、デスマグラの絶望に満ちた絶叫が微《かす》かに耳に聞こえていた。

第二十章　荷物持ち

水に濡《ぬ》らした冷たい手拭《てぬぐ》いを用意して部屋に戻ると、マッシュは既に目覚めていて、ベッドの上から顔だけ動かして私の顔を眺めていた。

「……此処《ここ》は？」

「セイムルの宿屋よ」

数時間前。勇者いわく『大掃除』が終わり、拷問部屋から聖哉《せいや》が出てきた瞬間、マッシュは緊張の糸が切れたのか、意識を失ってしまった。聖哉にお願いしてマッシュを担いで貰《もら》い、私は一旦《いったん》、神界への門を出現させた。異世界内の移動に神界の門を使用するのは、統一神界のルールに抵触するかも知れないが、それでもマッシュが心配だったので「ええい、ままよ」と門を潜《くぐ》り、私達はエルルが待つセイムルの宿まで戻ってきたのだった。

以上のあらましを説明しようとした瞬間、

「マッシュうううううっ!!」

ベッドの傍《そば》で、うたた寝していたエルルが気付き、マッシュに飛び乗った。

「ぐへぇっ!?」

「よかった、よかったよう!!　このまま起きなかったらどうしようかって!!　本当によかったよう!!」

「ちょ、ちょっとエルルちゃん⁉　マッシュはまだ体が完全じゃあないのよ⁉」

抱きついていたエルルは苦しそうに呻《うめ》くマッシュから離れた。

「ご、ごめん、マッシュ。痛かった？」

「い、いや痛くない。大丈夫だ」

マッシュはしばらく苦笑いしていたが、急に真顔になった。

「おかしい……本当に……どこも全然、痛くない……」

そしてマッシュは私を眺める。

「まさかアンタが治してくれたのか……？」

私はマッシュに微笑む。

「酷《ひど》い傷だったわ。治すのに一時間以上は掛かったのよ」

「……すまねえ。恩に着る」

照れくさそうに顔を背けながらマッシュが言った時。部屋の扉がノックも無しに大きく開かれ、そこに傍若無人な勇者が立っていた。

「ようやくキノコが目覚めたか」

聖哉にキノコと言われてもマッシュは怒る様子を見せなかった。やはり照れくさそうに、

「助けてくれてありがとな」

聖哉の目を見ずに礼を述べた。勝ち気な性格のマッシュからすれば勇気を振り絞った一言だったのだろうが、聖哉は気にも留めていなかった。

「そんなことよりお前達。準備が出来たなら、とっとと出掛けるぞ」

「せ、聖哉？　もうちょっと休ませてあげようよ？　マッシュは今、目覚めたばかりなのよ？」

しかし、エルルとマッシュは聖哉の言葉に、互いに顔を見合わせていた。

エルルがおずおずと聖哉に尋ねる。

「えぇと……出掛けるって？」

「お前達二人を荷物持ちにすることに決めたのだ。だからさっさと支度しろ」

いや荷物持ちとか！　普通に『仲間にする』って言ってあげたらいいのに！

二人の反応を心配したが、エルルは花が咲いたような笑顔を見せた。

「うっわーい!!　やったあ!!　荷物持ち、荷物持ちだっ!!　嬉《うれ》しいようー!!」

「よ、よかったわね、エルルちゃん！」

この子、荷物持ちの意味分かってるのかしら……？

一方、マッシュは当然の如く仏頂面だ。思い詰めた表情で喋る。

「俺……今回のことでよくわかったんだ。確かに俺達とアンタらじゃあレベルが違いすぎる。以前、言われた通りだ。このままじゃ俺達は足手まといだ。だから……だから……」

私は心の中、嘆息した。マッシュが次に喋ろうとしている言葉が手に取るように分かったからだ。

拷問とダークファイラスのトラウマはやはり根深かったのだ。いや仮にそれが氷解していたとしても、その上でマッシュが同行を拒否するというのならば、結局、私は何も言えない。

……だがしかし。マッシュは次の瞬間、ベッドから飛び出すと、聖哉の前で床に頭を擦《こす》り付けた。

「だから……俺を弟子にしてくれ‼」

「……は？」

私が呆気《あっけ》に取られていると、

「足手まといにならねえように努力する‼　もちろん荷物だって持つ‼　だから近くで学ばせてくれ‼　アンタみたいに強くなりてえんだ‼　頼む‼　弟子にしてくれ‼」

な、なんだ……この子ってば、思ったよりメンタル強いんだ……。でも……よかった……！

聖哉は足下で懇願するマッシュに素っ気なく言う。

「荷物を運ぶなら、何でも構わん」

「そ、そうか‼　なら、よろしくな……いや……よろしくお願いします‼」

エルルは屈託のない笑顔で聖哉に微笑んだ。

「えへへー！　よろしくねー、聖哉くんっ‼」

「ば、バカ‼　エルル、お前‼　師匠と呼べ、師匠と‼」

「……呼び方などどうでもいい。勝手にしろ」

聖哉は本当に面倒くさそうだった。そんな三人を眺めつつ、私は思う。

う、うーん。何だか普通の勇者のパーティとは随分違うような気がするけど、当初の予定通り、竜族の二人も同行することになったし、結果はオーライなのよね？

エルルが私のドレスの裾《すそ》を引っ張って無邪気に笑っている。

「リスたんもよろしくねー‼」

「え。『リスたん』？　それ、私のこと？」

「ダメー？」

「い、いえ、別にいいけど……」

あはは……女神の威厳が……ま、まぁ、いいか。

「それで師匠!!　早速だけどよ、案内したい場所があるんだよ!!」

「あっ、マッシュ!!　それって『竜の洞窟《どうくつ》』のことでしょっ!?」

「ああ、そうだ!!」

竜の洞窟？　エルルは分かっているようだが、私は初耳だ。

「ねえ、マッシュ。竜の洞窟って何なの？　そこに何があるの？」

……マッシュが、今は亡きナカシ村の村長に聞いたという話を要約すると、こうだ。


今から十六年前。天からナカシ村に降り立った一匹の竜が運んできた二人の赤ん坊がマッシュとエルルだった。竜はナカシ村の村長に言った。

『この竜族の血を色濃く継ぐ赤子は、神の啓示によって現れる勇者の仲間となり、ゲアブランデを邪悪から守るだろう。勇者が現れし時、共に竜の洞窟へ赴き、封印を解け。邪悪を倒す最強の武器を与えよう』


私は興奮して聖哉の肩を揺する。

「聖哉‼　最強の武器だって‼　これは絶対ゲットしないと‼」

しかし聖哉は難しい顔で腰の剣を眺めていた。

「せっかく合成で『プラチナソード改』を完成させ、予備も三本作ったところだというのに……」

そ、そうなんだ？　ちょっと可哀想《かわいそう》！　でもね、聖哉、冒険ってそんなものよ！　苦労して手に入れた武器より強い武器がすぐに出てきちゃうのよ！

「じゃ、じゃあ気持ちを切り替えて、その竜の洞窟とやらに行きましょう！　マッシュ、エルルちゃん、案内よろしくね！」

二人は行く気満々の笑顔を見せたが、

「ダメだ」

勇者の一言で時が止まる。

「その前に、先に行かなければならないところがある」

「せ、聖哉……そ、そ、それってまさか、ひょっとして……」

「うむ。神界だ。修行をせねばならん」

私はガックリと、うなだれる。

ま、またですか……ちょっと冒険したら、すぐ戻るのね……。何だかもう実家みたいになっちゃってるわ……。

「それに次は竜の洞窟とやらに行くのだろう？　ならばドラゴンと戦う準備もしておかなくてはならん」

流石《さすが》にマッシュ達が顔を青ざめさせた。

「や、やめてくれよ、師匠!!　竜族を滅ぼす気か!?」

「そ、そうだよー!!　悪い竜なんか一匹もいないと思うよー!?」

「そんなもの、行くまで分からん。とにかく俺は神界に行く。お前達も付いてこい。リスタ、別にコイツらを連れて行っても問題ないだろう?」

「ええ……まぁ……いいけど……」

心中、複雑だったが、私は承諾した。

統一神界での修行が、ちゃんと結果として表れている以上、もはや何も言わないでおこうと思った。『レベルは現地でモンスターと戦って上げるもの』――数少ない勇者召喚により私が培ったそんな異世界セオリーに従順だったなら、聖哉はとっくに殺されていただろう。此処は難度Sの世界ゲアブランデ。今までのセオリーは一切通じない。それならば、いっそ聖哉に全てを任せよう。

私は呪文《じゅもん》を唱え、門を出現させる。

聖哉の後に続き、マッシュとエルルがまるで遠足にでも行くように楽しげに門を潜った……。


統一神界に着くなり、聖哉が私にセルセウス様の居場所を聞いてきた。

セルセウス様は昼はよく食堂で食べているし、今はちょうど昼時だったので、私達は食堂に向かうことにした。

神殿内を歩いていると、エルルがキョロキョロと忙《せわ》しなく首を左右に動かしていた。

「ねーねー、リスたん‼　此処って神様達が住んでる世界なんだよねー⁉」

「ええ、そうよ」

　マッシュも珍しげに辺りを窺《うかが》っている。

「この神殿、ホントすげえな。広くて大きいのは勿論《もちろん》、飾ってある彫刻とか絵画とか、目に入る物全部、芸術品っていうか……いや俺よくわかんねえけどさ」

「わぁっ！　あの花瓶、見て‼　見たことのない綺麗《きれい》な花が活《い》けてあるよ‼　ねー、リスたん‼　ちょっと見てきてもいいー⁉」

「それよりエルル‼　あそこにいるアイツ、頭に輪っか付いてるぞ‼　ひょっとして、あれが天使ってやつじゃねえか⁉」

　エルルとマッシュが騒いでいるのを見て、何だか微笑《ほほえ》ましい気分になる。そうよね、普通、神界なんて来たら、こういうリアクションよね。白い部屋に数日間引きこもって自重トレーニングばっかりしないよね……。

　だが普通でない勇者は、ネコの首を摑《つか》むようにして走り回るエルルを止めた。

「ダメだ。後にしろ。早く修行がしたい」

「うぅー‼　もっと色々見たいのにー‼」

「で、でも、聖哉。セルセウス様に会うのはいいけどさ。流石にもう稽古《けいこ》してくれないと思うよ？」

「構わん。別件だ」

別件って何かしら……？　よく分からなかったが、歩いているうちに食堂に辿《たど》り着く。

広い食堂をぐるり見渡すが、どうやらセルセウス様はいないようだった。

諦《あきら》めて食堂を出ようとした時、向かいの厨房《ちゅうぼう》で見慣れた顔と一瞬、目があった。

厨房内で「ひゃっ！」と小さく叫ぶとエプロン姿の男は、うずくまって隠れようとしたが……間違いない。

「セルセウス様⁉」

私は厨房に押し入り……そして愕然《がくぜん》とした。

剣神セルセウスは筋骨隆々のマッチョな体に花柄のエプロンを着け、メレンゲの入ったシルバーのボウルを持っていた。

「……お前は一体何をしているのだ？」

聖哉が睨《にら》むとセルセウス様は背筋をシャンと伸ばした。

「せ、せ、聖哉さん‼　コンチャ――――ス‼」

う、うわ……男神らしさの欠片《かけら》もない……ってか態度が何かもう後輩だよ……。それにしても、ヒゲ面にエプロン……似合わないわね……。

セルセウス様は目を泳がせながら喋《しゃべ》る。

「えっと、あの、その俺……前も言ったけど、剣とか、もうやめようかなって。だってアレ、危ないじゃんね？　斬《き》られたら血が出るじゃんね？」

げえっ⁉　この間、言ってた話、マジなの⁉　剣神なのにガチで剣、やめちゃうの⁉　ど、どれ

だけ聖哉との稽古がトラウマになってるのよ⁉

セルセウス様は照れながら、メレンゲの入ったボールを見せる。

「そ、それでさ。最近、俺、料理なんかやってるんだよ。こんな感じで。あ……そうだ！　さっき作ったケーキがあるんだけど、よかったら食べてみてくれないかな？」

そして聖哉の前に皿に載ったショートケーキを差し出す。イチゴが一つ載っており、それなりの見栄えである。目前のマッチョが作ったとはとても思えない。

だが、聖哉はそのケーキを見るなり、こう言った。

「まずい。いらん」

「‼　まだ食べていないのにか⁉」

セルセウス様が叫んだ。食べる前からマズイと言われれば、それは誰《だれ》だってビックリして叫ぶだろう。

「そ、そんな……！　自信作なのに……！」

可哀想なセルセウス様は、近くに居た甘い物好きそうな赤毛の少女に気付き、微笑んだ。

「君、どうだい？　よかったら食べてみてくれないか！」

フォークと共に皿を差し出すが、エルルも首を横に振った。

「うぅん、いらない。なんだか中に筋肉とか入ってそうだもん……」

「⁉　筋肉なんて入ってないよ⁉　というか、どうやってケーキに筋肉入れるの⁉」

聖哉は誰にも食べて貰《もら》えないケーキを持った憐《あわ》れなセルセウス様を睨んでいた。

「いいか、セルセウス。俺は別にお前の趣味をとやかく言うつもりはない。だがお前には本業があるだろう。それを先にやれ」

「ほ、本業って？」

「無論、コレだ」

聖哉はプラチナソードを鞘《さや》から抜き、光り輝く刀身を見せた。その途端、

「い、イヤだあああああああ‼　もう剣の稽古なんかしたくないいいいいいいいいい‼」

セルセウス様が絶叫した。その叫びっぷりといったら「だ、大丈夫かこのオッサン！」とマッシュが引く程であった。

だが聖哉はそんなマッシュの背を押し、セルセウス様に突き出す。

「安心しろ。今回の相手は俺ではない。コイツだ」

驚いたのはセルセウス様と同様、マッシュも、だった。

「えっ？　し、師匠が稽古してくれるんじゃないのか？」

「俺が相手するのはまだ早い。お前にはコイツくらいがちょうどいいだろう」

「へーえ。聖哉、マッシュのこと、考えてあげてたんだ？」

「考えるも何も、荷物持ちとしてあまりに弱すぎては武器や道具をモンスターに盗《と》られるだろうが。多少は強くなって貰わねばならん」

セルセウス様は自分の半分くらいしか背のないマッシュをチラチラと眺めていた。

「せ、聖哉さんの弟子っすか。あの……ちょっとだけ、君のこと、能力透視していい？」

「ああ。別にいいけど」

おそるおそる能力透視を発動したセルセウス様は、しばらくしてから訝《いぶか》しげな顔をした。

「うん？　君、偽装《フェイク》のスキルとか使ってないよね？」

「……使ってねえけど」

その途端。セルセウス様は花柄のエプロンを脱ぎ捨てた。

「よし、いいぞ‼　やろうじゃないか‼　俺の稽古は厳しいぞ‼　覚悟しておけ‼　がはははははは‼」

「な、なんだこのオッサン⁉　情緒がムチャクチャだな‼」

マッシュのツッコミ通りだと思った。セルセウス様……いやもう『様』付けるのは止《や》めよう。セルセウス……ダメだ、コイツ……！　だって相手が格下だと分かった途端、この態度！　絶対付き合いたくないタイプだわ！

そんなセルセウスがマッシュを連れて意気揚々と厨房を出て行った後、聖哉は残ったエルルに視線を向けていた。

「さて、次はコイツだな」

「ええっ⁉　わ、わ、私も――――っ⁉」

エルルの驚いた声が厨房中に響いた。

第二十一章　軍神

「確か、このちっこいのは俺とダダ被《かぶ》りで火炎魔法が得意だったな」

聖哉《せいや》は、あたふたするエルルを気にする様子もなく、私に話しかける。

「リスタ。神界に火を扱う神はいるか？」

「火の神ね。心当たりはあるけど……」

「よし。案内しろ」

「ん。わかった」

歩き出そうとすると、エルルがドレスの裾《すそ》を摑み、不安そうに私を見上げていた。

「どうしたの、エルルちゃん？」

「ねぇリスたん。あのさ……火の神様って、リスたんみたいに優しいのかなぁ？」

『火の神』と聞いて、気性の荒い神を想像したのかも知れない。私はエルルに微笑む。

「大丈夫！　火の神ヘスティカ様はセルセウスなんかと違って、素敵で優しい女神よ！　だから安心して！」

「そ、そーなんだー！　よかったあーっ！」

エルルはいつものような明るい笑顔を見せた。

私は二人を連れて、中庭を通り抜けたところにある水鏡の池に向かった。神殿の敷地内にも拘《かか》わらず、小さな湖ほどの広さがあり、透き通るような水面《みなも》が美しい神界の池である。ヘスティカ様はよくそこで火炎魔法の練習をしているのだが……。

「いるといいな」と思いながら歩いていると、遠くの方で、炎の魔法で作られた鳥が空を舞っているのが見えた。間違いない。ヘスティカ様だ。

案の定、澄み渡った水鏡の池のほとりでヘスティカ様は腕に巨大な炎の鳥を乗せ、佇《たたず》んでいた。火の神だけあって赤色が好きらしく、深紅のドレスをまとっている。髪もウェーブのある赤毛のロングなので、パッと見た感じ、全身真っ赤である。

私が声を掛けるより早くヘスティカ様が気付いた。

「リスタルテ。何だかお久し振りね」

「ヘスティカ様！　ご無沙汰《ぶさた》してます！」

ヘスティカ様は外見通り、艶《つや》のある声を出した後、聖哉とエルルを一瞥《いちべつ》した。

「あら。そちらはリスタの担当してる勇者達かしら？」

「はい！　実は、そのことでヘスティカ様にご相談が……」

私がエルルに炎の魔法を学ばせてやってくれないかとお願いすると、

「世界を救おうとする人間を応援することは、神界にいる全ての神々の義務。喜んでお手伝いするわ」

ヘスティカ様は二つ返事で引き受けてくれた。

エルルがヘスティカ様に頭を下げる。

「わ、私、エルルっていいますっ!!　よろしくお願いしますっ!!」

緊張して硬くなっているエルルの頭をヘスティカ様は優しく撫《な》でた。

「綺麗な赤毛ね。ふふ。私とお揃《そろ》い。……ね？　そんなに緊張しないで？　厳しくしないから」

「は、はいっ！」

「じゃあ早速だけど始めましょうか。アナタの持っている火炎魔法を見せてみて……」

エルルがファイアアロー《火炎弓》を天に向かって放っているのを見ながら、私と聖哉は水鏡の池を後にした。ヘスティカ様なら預けて安心だ。セルセウスは心配だから、マッシュのことは後で見に行かなきゃだけど……。

来た道を歩きながら戻っていると、聖哉が背伸びをした。

「よし。それでは俺の稽古相手を見つけるとしよう」

解放感に包まれている勇者を白い目で見る。

——騒がしい子供達の世話を近所の人に押しつけたような、そんな気がするのは私だけかしら……。

うーん、それにしてもセルセウスより強い神か。統一神界は広いから、探せば色々いるんだろうけど、ちょっと簡単には思いつかないなあ。一旦《いったん》、神殿に戻ってアリアに聞いてみようかな……。

なんて考えながら歩いていたので、私は目の前にいた女神に気付かなかった。

『ドン』と肩と肩がぶつかる。

「あっ？　す、すいません！」

咄嗟《とっさ》に謝るが、その女神は、

「ああー⁉　何処《どこ》見て歩いてんだ、テメー⁉」

ドスのきいた声を吐き、私の胸ぐらを摑《つか》んだ。

「ヒイッ⁉」

迫力ある声と、その姿を見て、私の心臓は鼓動を速めた。

銀髪のショートカットに、美形だがボーイッシュな顔付き。着ているものといえば、鎖を胸と下半身にグルグル巻き付けているだけ。破壊の女神ヴァルキュレ様は私に顔を近付けていた。

「リスタルテ‼　このド三流女神が‼　消されてーのか⁉」

「す、す、すいません‼　許してください、ヴァルキュレ様‼」

ビクビクしながら謝りまくる。すると「ふん」と鼻を鳴らした後、ヴァルキュレ様はニヤリと笑った。

「そーいや、リスタルテ。お前、難度Sの世界に当たったんだっけな？　どうだ、調子は？」

「え、えーと、その、まぁ一応、頑張ってますけど……」

「ケッ！　テメーにゃ無理だろ！　ド三流のテメーにゃあ、な！」

「あ、あははは。そ、そうですかねえ」

愛想笑いしていた、その時。私の胸に違和感が。

「えっ……」

気付けばヴァルキュレ様が両手で私のオッパイを鷲《わし》づかみしていた！

「ちょ、ちょっと⁉　ヴァルキュレ様⁉」

「ハッハッハー‼　乳だけはなかなかのモンだがなー‼　アタシよりでっけえし、揉《も》みごたえあるわー‼」

「や、や、や、やめてくださいっ‼」

しかし、やめてくれない。モミモミと揉まれまくる。ちょ、ちょっと、そんな風に触られたら……！

「やっ！　や、やめ……いやっ……やめて、くださ、い……！」

涙目でお願いして、ようやくヴァルキュレ様は手を止めた。

「よぅし！　ぶつかったことはこれで勘弁してやろう！　今度からは気をつけろよ、リスタルテ！」

そして笑いながら歩き去っていった。

ううっ、セクハラよっ‼　何よ、あの変態女神は‼　神界なのに、どうしてあんなタチの悪い女神がいるのっ⁉

気付けば、ドレスの胸元が乱れて半泣きの私を、聖哉が憐れみの目で見詰めていた。

「お前は……いじめられっ子なのか？」

「違うわよ‼　ヴァルキュレ様は誰にでもあんな感じなのっ‼」

いや実際、私が新米女神でランクが低いから見くびられているのはあるけど！　だけど、決していじめられっ子ではない……そう思いたい！

「それにしても、あの露出狂から凄《すさ》まじいパワーを感じたが？」

「露出狂って……ってか、聖哉、わかるんだ？　そう。アレは破壊神ヴァルキュレ様――この統一神界最強の女神よ。神界ランク的にも大女神イシスター様の次に偉くて権力のある方なの。まぁ性格があんなだから私は苦手だけどね。あ……聖哉、ダメだからね？　あの人は信じられないくらい強いけど、稽古《けいこ》とかそういうのは対象外だから。ヴァルキュレ様はすっごく気難しいからね。逆らったら男神や女神ですら、この世界から抹消されかねないんだから。ましてや人間が舐《な》めた口なんかきいた日には即、殺されて、」

乱れた胸元を直しながら、そこまで話して、前を見ると聖哉がいなかった。

――えっ……？

……何と聖哉は十数メートル先で、ヴァルキュレ様に話しかけていた。

「おい、露出狂。俺と稽古しろ」

ピッギャアアアアアアアアア!?　アイツ、何言ってんのおおおおおおおお!?

「誰《だれ》が露出狂だ、コラ」

ヴァルキュレ様は親の敵《かたき》のような目を聖哉に向けていた。

「テメー、勇者召喚されたからって此処《ここ》にいる全ての神が味方だって勘違いしてんじゃねーだろーな？　調子コイてっとバラすぞ、クソガキが」

「ほう。やってみろ」

私はそんな二人の間に半狂乱で飛び込んだ。

「やめ、やめ、やめてくださああああああああい‼　せ、せ、せ、聖哉‼　謝って‼　すぐに謝ってえええええ‼」

いくら聖哉でも敵《かな》う訳がない‼　ヴァルキュレ様は統一神界最強なのよ‼　そしてこの女神はイシスター様とは違う‼　機嫌を損ねたらホントに殺されちゃうんだって‼

ヴァルキュレ様は、凄まじい覇気を体から発散させて、聖哉を睨《にら》んでいる。

「ダメだ、リスタルテ。もう謝っても許さねーよ？　この人間は今この場でバラす！」

「そ、そんな⁉」

ああああああ⁉　これじゃあゲアブランデ攻略前にリタイアになっちゃうじゃない‼　だ、誰か助けてえええええええ‼

その時だった。

「お待ちください‼」

聞き慣れた声と共に先輩女神のアリアが息を乱しながら駆けてきた。

「ヴァルキュレ様‼　どうか矛をお収めください‼」

「ダメだ。人間如《ごと》きが、この不遜《ふそん》な態度。万死に値する」

「ですが、この者は難度S攻略の為《ため》に召喚された特別な勇者！　ここは何卒《なにとぞ》、怒りを鎮めてください！　この上位女神アリアドアの顔を立てて、どうか、どうか‼」

アリアの頼みにヴァルキュレ様はしばらく考えていたが、

「まぁアリアがそこまで言うなら許してやるよ」

そしてアリアに顔を近付けた。

「その代わり、今度、そのデカい乳、揉ませろよ？」

「は、はい……」

頬《ほお》を少し赤らめたアリアと私達を残し、快活に笑いながらヴァルキュレ様は立ち去っていった。

私が大きく安堵《あんど》の息を吐き出した時、アリアは聖哉に、まくし立てていた。

「いくら何でも無茶よ、聖哉！　ヴァルキュレ様にあんな口の利き方しちゃあダメだってば！　私が通りかからなきゃどうなってたと思ってるの？　ホントにアナタって人はっ！」

え？　な、何だかアリア……私みたいな喋《しゃべ》り方で聖哉に怒ってる？　ちょっと変な感じ……。

しかし聖哉は顔色も変えず、冷静に言う。

「お前もリスタも慌てすぎだ。あの女神は、からかって俺達の反応を楽しんでいただけだ。その証拠に殺意は少しも感じなかった」

私とアリアは、きょとんとして顔を見合わせる。

「そ、そうなの？　そっかー……まぁ聖哉が言うなら、そうかも知れないね……」

先程からのアリアの言葉に私は違和感を覚えていた。聖哉も気付いたらしい。

「お前こそ、そんな馴《な》れ馴れしい喋り方だったか？」

アリアはハッとしたように口に手を当てた。

「ご、ごめんなさい」

「ごほん、ごほん」と咳払《せきばら》いした後、取り繕うようにアリアは喋る。

「そ、それより、セルセウスに代わる稽古の相手を探しているのでしょう？　紹介するから付いていらっしゃい……」


アリアに連れられて行った場所は神殿の地下だった。石造りの長い階段を下りた後、私達は所々に配置された松明《たいまつ》の明かりだけが照らす狭い通路を歩いていた。

――神殿の中にこんな場所があったなんて……知らなかったわ。

神殿の広大さに改めて畏敬《いけい》の念を感じていると、アリアが通路の突きあたり、扉の前で立ち止まっていた。どうやら目的の場所に着いたらしい。

ぎぎぎ、と木の扉を開く。すると、牢獄《ろうごく》のような殺風景な石造りの部屋で、一人の少女が、あぐらをかいて剣を研いでいた。

薄暗がりの中、アリアが私達に紹介する。

「こちらが軍神アデネラ。武芸に関して、セルセウスよりもっと格上の女神です」

神殿もそうだが、統一神界は広い。此処には男神、女神を合わせ、万を軽く超える神々が住んでいる。故に私がまだ会ったことすらない神も存在しており、軍神アデネラ様もその一人だった。

「アデネラ。この勇者に稽古をつけてくれるかしら？」

アリアに言われて、アデネラ様は、虚《うつ》ろな目を私と聖哉に向けた。両目の下には大きなくまがある。

「け、け、稽古？　人間に、け、稽古か。ひひひひひ」

しまりのない口元から滑舌の悪い声が響く。手入れをしていないボサボサの長い髪で、着ているものといえば、囚人のようなボロ服。正直、全然、女神に見えない。ってか、ぶっちゃけ、ちょっと気持ち悪いかも……。

そう思った途端、隣にいた聖哉が口を開く。

「これは気持ち悪い。すごく気持ちの悪い女神だな。ああ、気持ち悪い」

オォォォイ!?　どうして思ったことすぐ言っちゃうの!?　いや確かに私もそう思ったよ!?　でも普通、それは心の奥に閉じこめておくものでしょ!?

ヴァルキュレ様の時のようになるのではと危惧《きぐ》したが、

「ひひひひひひ。い、いいよ、アリア。わ、私、お、お、教えるのは、す、好きだから。じゃあ、さ、早速行こうか」

言った瞬間、アデネラ様の姿が消えた。そして次の瞬間、私は戦慄《せんりつ》する。アデネラ様は、いつの間にか聖哉の背後に回っていた！

私は呆然《ぼうぜん》としていたが、アデネラ様は聖哉を見詰めながら「ひひひ」と笑っていた。

「わ、私の動きを、め、目で追ったね？　アリアが薦めるくらいだから、そ、素質があるのね。お、お前なら、お、覚えてくれるのかな。かつて誰一人として、会得出来なかった、私の絶技『連撃剣』を。に、人間の可動域を超えた、し、神速の剣技だから、む、無理もないけどね。か、体がブッ壊れるのが先みたい。ひひひひひ」

う、うわ……ヴァルキュレ様に続いて、この人もヤバくない？　聖哉、どうする？　いくらアリアの紹介だからって、ここはじっくり考えてから決めた方が、

「よし。やろう」

「即決⁉」

いや、この子、何でこういう時は慎重じゃないのよ⁉　さっきもヴァルキュレ様に対して、向こう見ずにケンカ売ったりするし、意味わかんない‼

「お前の絶技『体ブッ壊れ剣』。それを教えて貰《もら》おう」

「ち、違うよ。ひひひひひ。れ、連撃剣だよ」

「どうでもいい。とにかく付いてこい。召喚の間に行くぞ」

「ひひひひひ。い、威勢がいいね。わ、わかった……」

そして聖哉はアデネラ様を連れて出て行ってしまった。

取り残された私はすがるようにアリアに尋ねる。

「だ、大丈夫かな、あの二人……？」

「アデネラの力は本物よ。そして聖哉ならきっとアデネラの技も習得するでしょう」

アリアにそう言われて、私の気は軽くなった。改めてアリアに頭を下げる。

「アリア。いつも本当にありがとう」

「いいのよ。このくらい。私が出来ることは何でもしてあげたいの。それが私のせめてもの……」

「……アリア？」

真剣な表情で何事かを言いかけていたアリアは、そこで口をつぐんだ。

「いいえ。何でもないわ」

そしてアリアはいつものように優しく微笑《ほほえ》んだ。

第二十二章　ご乱心

一日経《た》って、神殿の中庭を見に行くと、マッシュとセルセウスが木刀を使って稽古をしていた。

汗だくのマッシュが果敢に向かっていくが、セルセウスはそれを軽くいなしている。セルセウスがマッシュの木刀を弾《はじ》くと、マッシュは低く唸《うな》った。

……てか、結構やるじゃん、セルセウス！　前に海苔《のり》の真似《まね》とかしてたけど、全くのアホじゃなかったんだ！

私の中で、少しだけ剣神の評価が上がったところで、セルセウスがマッシュに声を掛けた。

「よし。しばらく休憩しよう」

「いや、俺、もう少しやるよ。休憩ならオッサン一人で取ってくれ」

「そうか。あまり無理はするなよ」

一人で素振りを続けるマッシュを残し、セルセウスは私に歩み寄ってきた。

「リスタ。なかなか強いぞ、マッシュは。根性もあるし、今にもっと強くなるだろう」

笑いながら手拭《てぬぐ》いで汗を拭《ふ》き取るセルセウスは、自信に満ちた表情をしていた。

「そして……俺も強かったのだ。あの狂戦士《バーサーカー》のせいで、すっかり自分が弱いと思い込んでいた。だがマッシュと戦ってわかった。アレが規格外に強いだけで、俺だって本当はかなり強いのだ」

「そ、そう。よかったわね」

うん。まぁ、それはどうでもいいんだけど……何はともあれ、この二人、思ったよりうまくいってるみたいね。

マッシュにも声を掛けたかったが、一心不乱に素振りをしていたので、私はそのまま中庭を後にした。


エルルはヘスティカ様に任せているから安心として、気になるのはやはり聖哉《せいや》だった。とはいえ聖哉は稽古《けいこ》中、召喚の間に人が入るのを嫌う。練習風景は覗《のぞ》けそうにない。

それでも聖哉の差し入れに弁当を作って持って行くと、召喚の間の扉近く、壁に挟まれた薄暗い場所でアデネラ様があぐらをかいて剣を研いでいた。

「あ、あれっ？　アデネラ様？　稽古は？」

「い、今は休憩中。聖哉はまだ一人で、れ、練習してるけど」

……あはは。この師匠あれば、あの弟子あり、ね。どっちも殆《ほとん》ど休憩、取らないんだ。

「それでどうです？　聖哉は？」

「か、変わった奴《やつ》。今までの勇者と全然違う。ちょっと、お、驚いている。そ、それに……」

「それに？」

「それに……ひひひ」

「‼　怖っ⁉　きゅ、急にどうしたんですか⁉　気が触れたように笑い出して⁉」

「いや、な、何でもない。せ、聖哉との稽古を思い出したら、た、楽しくなってきて……」

思い出し笑い!? 今のが!? ちょっとこの女神、本当に大丈夫なの!?

聖哉が心配になったその時、不意に召喚の間の扉が開いた。部屋から、いつもと変わらぬ様子の聖哉が顔を出す。

「おい、アデネラ。休憩はもういいか。早く続きをやりたいのだが」

「い、今行くよ……」

アデネラ様は楽しそうに、跳ねるようにして扉に向かって行った。アデネラ様が召喚の間に入った途端、すぐに扉は閉められた。

「……あ」

そして、私は聖哉に弁当を渡し損ねたことに気付く。仕方なく、いつも通り、扉下部の隙間《すきま》から弁当を入れる。

——でも今、見た感じだと、聖哉も普段通りみたいだし、特に心配することもなさそうね……。


そして修業開始より二日目の昼時。

お腹《なか》が空《す》いたので食堂に行くと、とんでもない二人を発見した。

なんと食堂の一角で聖哉とマッシュが並んで座っているではないか。マッシュはパンを齧《かじ》り、聖哉はコップで水を飲んでいる。

「ええっ!? 珍しいわね!! 聖哉がこんなところにいるなんて!!」

聖哉は面倒くさそうな顔で言う。

「先程、コイツが急に召喚の間にやってきたのだ。『昼休憩にどうしても会いたい』というものでな。仕方なく会ってやっているという訳だ」

「そうなの、マッシュ？」

「い、いや、せっかくだから昼くらいは師匠と一緒に過ごしたくてさ……」

マッシュったら、ホントに聖哉に心酔してるのね。まぁ、あの窮地から助けて貰った訳だし、その気持ちはわかるけど。

「それで師匠から、戦闘の心構えとか、教えて貰ってたんだよ！」

「へえ！　ねえ、それってどんなの？」

だが私が対面に座るなり、聖哉は席を立った。

「そろそろ行く。アデネラが待っている」

なによ、もう。つれないなあ。たまにはゆっくり喋《しゃべ》りたかったのに……。

マッシュが礼を言っているのにも構わず、歩き去ろうとした聖哉に、私は声をかける。

「ねえ、聖哉！　とりあえず明日《あした》、一旦《いったん》ゲアブランデに戻るからね！」

明日を含めても、僅《わず》か三日間。こんな短期間でアデネラ様の絶技が習得出来るとはとても思えない。だが、あまり長居してこの間のようにイシスター様に呼び出されては大変だ。私としても悩んだ末の決断であった。

「ごめんね。でもゲアブランデが心配だからさ。竜の洞窟《どうくつ》に行って最強の武器を手に入れたら、また戻ってきて習得すればいいから」

だが聖哉は振り向きもせずに言う。

「いや。明日一日あれば充分だ」

「充分って……せ、聖哉？」

勇者はツカツカと一人、歩いて行ってしまった。

い、いくら何でも残り一日じゃあ無理だと思うけど……。

そして私とマッシュは取り残された。パンを齧るマッシュに近付き、私は話しかけてみる。

「ねえねえ。さっきの話の続きだけどさ。聖哉の教える戦闘の心構えってどんな感じなの？」

するとマッシュは目を輝かせた。

「いやぁ師匠の考えはまったく目から鱗《うろこ》だぜ！　いいか、リスタ！　たとえばフィールドの歩き方だ！　『フィールドでは常にモンスターに気を付けて歩け。右を見て左を見て上を見て下を見て後ろを見て、また右を見る。それを延々と繰り返しながら歩くのだ』とかな！」

「あの……それじゃあ前に進まなくない……？　それに目が回って吐き気とかしない……？」

「そうか？　時間は掛かるけど安心だぞ？　けど、俺が一番感銘を受けたのは、師匠のこの名言だ！　『目に入るもの全てを疑え。親兄弟ですら敵だと思え』……いやぁ心に沁《し》みるぜ！」

ええ――――。何よ、その疑心暗鬼かつ被害妄想的な発言は……。

しかしマッシュはニコリと笑う。

「でもな、リスタ！　実はかっこいいのは、ここからなんだよ‼　その後、師匠は俺にこう言ったんだ‼　『いいか、マッシュ。俺はお前のことも疑っているのだ』ってな‼　かっこいいだろ⁉」

「いやそれ怒った方がいいんじゃない⁉」

「怒る？　どうして？」

「まぁ……マッシュがそれでいいなら、別にいいけど……」

嬉《うれ》しそうにパンを食べるマッシュを見て、私は小さく溜《た》め息《いき》を吐《つ》いた。

――ハァ……。慎重教の信者が一人、増えたわ……。


その日の夜。聖哉に夕飯を持って行った時、タイミング良く、召喚の間からアデネラ様が出てきた。

「あ！　アデネラ……様……？」

稽古の進捗《しんちょく》を尋ねようとしていた私は言葉を止めた。アデネラ様の恰好《かっこう》に驚いたからだ。

着ていたボロは純白のドレスに変わっており、ボサボサだった髪の毛は綺麗《きれい》に整えられている。

死んだ魚のようだった瞳《ひとみ》はキラキラと輝いていて、こうして見るとなかなかの美少女と言えなくもない。

「ど、ど、ど、どうしたんですか⁉　何だかすっかり変わっちゃって‼」

するとアデネラ様は頰《ほお》を赤く染めた。

「だ、だって、あんな恰好で、聖哉に会うのは、は、恥ずかしい、から……」

げえっ⁉　ま、まさか、聖哉に惚《ほ》れちゃったんじゃ⁉　アリアも聖哉と話す時、なんだかおかしいし……ホント、あの男、女神たらしだわ‼　スキル『女神たらし』とか持ってるんじゃないかし

after
before

ら⁉

聖哉のことを思い出しているのか、ポーッとしているアデネラ様の肩を揺する。

「あの、アデネラ様⁉　しっかりしてください‼」

「あ……うん」

「そ、それでですね、例の剣技の習得なんですけど、とりあえず明日帰るので、その後、また、」

「連撃剣？　せ、聖哉、もう覚えたよ」

「え？　ええええええっ⁉　嘘《うそ》‼　だって誰《だれ》も覚えられないとか言ってませんでした⁉　人間の可動域を超えるとか、何とか⁉」

「うん。だ、だけど聖哉は覚えた。あ、アレは天才だ。一を聞いて十以上を知る。わ、私が、ゆ、唯一、認める人間だ。そ、そして、」

アデネラ様は焦点の合わない目を天井へ向けた。だらしなく開いた口からヨダレが垂れる。

「ひひひひひ……本当に……ひひひひひ……さ、最高だ……！」

や、ヤバい‼　これは何だかとってもイヤな予感がするわっ‼

アデネラ様の様子を見て、私は明日、ゲアブランデに戻る決意を固くしたのだった。

修業開始より三日目。昼過ぎに出る予定を早め、私は朝のうちに統一神界を出ることにした。あらかじめ三人にはその旨を知らせてあったので、中庭に行くと、既にマッシュがセルセウスに礼を言っていた。

「ありがとな、オッサン！　アンタのお陰で結構強くなれた気がするぜ！」

「俺の方こそ礼を言う！　お前のお陰で俺は狂戦士《バーサーカー》の悪夢から抜け出すことが出来たのだ！」

そしてガッチリと熱い握手を交わした。

つーか、何よ、コレ。お互い楽しそうだから別にいいけど。

ふと気になって、私はマッシュを眺めつつ、能力透視を発動してみた……。

マッシュ
Lv：16
HP：1381　MP：0
攻撃力：921　防御力：877　素早さ：790　魔力：0　成長度：47
耐性：火・氷・毒
特殊スキル：攻撃力増加（Lv：5）
特技：ドラゴン・スラスト《竜打突》
　　　ドラゴン・スラッシュ《昇竜斬》
性格：勇敢

……ええっ⁉　すっごいレベル上がってるじゃない‼　HPも1000を超えて⁉　これなら並の魔物には負けないレベルね‼　うーん、マッシュってやっぱり素質あるの？　それともセルセウス、実は教えるの上手《うま》いのかな？
セルセウスに頭を下げた後、私はマッシュを連れて、ヘスティカ様とエルルのいる水鏡の池に向かった。


水鏡の池に辿《たど》り着くと、池のほとりでエルルは一人しゃがんでいるようだった。エルルに会うのは初日に、本日ゲアブランデに戻ることを伝えて以来だった。

マッシュが元気に声を掛ける。

「よう！　エルル！」

「あ……マッシュ」

「おはよう、エルルちゃん！　準備は出来てる？」

「う、うんっ！」

私とマッシュを見て、いつものように笑う。だが、何だか笑顔がぎこちない気がした。

私はこっそりエルルの能力透視を行う……。

エルル
Ｌｖ：８
ＨＰ：３８４　ＭＰ：２２０
攻撃力：１０１　防御力：１７２　素早さ：88　魔力：１９６　成長度：38

耐性：火・水・雷
特殊スキル：火炎魔法（Lv：4）
特技：ファイア・アロー《火炎弓》
性格：明るい

……あ、あれ？　殆《ほとん》ど前と変わってないような？

その時。能力透視に集中していた私の肩を誰かが叩《たた》いた。振り返るとヘスティカ様だ。私の耳元で小声で囁《ささや》く。

「リスタ。ちょっといい？」

「は、はい」

二人を残し、池から少し離れた場所で、ヘスティカ様は溜め息混じりに言った。

「エルルのことなんだけど……ハッキリ言うわね。あの子、火炎魔法のセンスがないわ」

「ええっ‼　そ、そうなんですか⁉」

「アナタも能力透視してわかったでしょう？　殆どレベルが上がっていないのよ」

ヘスティカ様は難しい顔をしながら私に告げる。

「最初は私の教え方が悪いのかなと思った。だけど、三日経《た》って確信したわ。あの子は火炎魔法に向いていない。間違いないわ」

衝撃の事実に胸が苦しくなる。ヘスティカ様も辛《つら》そうに呟《つぶや》く。

「エルルは、とっても良《い》い子よ。ずっと一生懸命練習していたわ。でもリスタも知っての通り、魔法は生まれ持った才能が大きく関与する。言いにくいけど、あの子には、それがない。火炎魔法は早めに諦《あきら》めさせてあげた方がいい。それがあの子の為《ため》よ。私には分からないけれど、きっともっと適した属性の魔法があるんじゃないかしら……」

私が一人、池に向かうとエルルは申し訳なさそうな顔で私に駆けてきた。

「リスたん……ゴメンなさい」

「えっ？　ど、どうしたの、エルルちゃん？」

「私、あんまり成長してないよね？　そうだよね？　今、ヘスティカ様と、その話をしてたんだよね？」

今にも泣き出しそうなエルルに私は真実を言えなかった。それどころか、

「そ、そんなことないわ！　確かにちょっと成長のスピードは遅いかもだけど、全然大丈夫よ！　ゆっくりやればいいの！　ヘスティカ様だってそう言っていたわ！」

そんな言葉で励ましてしまう。するとエルルはいつもの愛くるしい笑顔を見せた。

「そっか！　そうなんだ！　じゃあ私がんばる！　だって色んな魔法を試して、唯一、まともに出来たのが火の魔法だったんだ！　だからこれからも一生懸命がんばるよっ！」

「う、うん！　そうね！　その意気よ、エルルちゃん！」

……ああ……ダメだ……。私、ダメな女神だわ……。

言った後、激しく自己嫌悪した。しかし残酷な事実を告げることは私には出来なかった。言うな

らせめてタイミングを見計らいたかった。いや、それがどんなタイミングなのかも分からないけれど……。

——それにしても、一番安心していたへスティカ様とエルルちゃんのコンビが、こんな結果になるなんて……。物事って、うまくいかないものね……。

とにもかくにも、私はマッシュとエルルを連れて召喚の間へと向かったのだった。


私達が行くと、召喚の間の扉近くで聖哉は壁にもたれていた。

「聖哉。もう出発、出来る？」

「ああ。だがアデネラが俺に渡したい物があるらしくてな」

わ、渡したい物？　な、何だろ？

「一応、教わった義理があるから、こうして待ってやっている訳だが、なかなか戻って来ない。あと一分だけ待って来なかったら出掛けるとしよう」

だが、聖哉が言い終わると同時にアデネラ様が小走りでやってきた。今日も身綺麗にしているのは勿論《もちろん》、顔にはうっすら化粧をしているようである。

そんなアデネラ様は走ってきて、何とそのまま、聖哉の胸に飛び込んだ。

「ええええっ⁉　アデネラ様⁉　な、何やってんの⁉」

私が喫驚《きっきょう》していると、アデネラ様は聖哉に抱きついたまま、上目遣いをし、甘えたような声を出した。

「聖哉……わ、私も冒険に、つ、連れて行って欲しい、な……」

「いやアデネラ様!? 聖哉の担当女神は私なんですよ!?」

「な、なら、ゆ、勇者の仲間として、つ、連れて行って……」

「アデネラ様は女神でしょ!? そんなこと出来ませんよ!!」

「わ、私、め、女神なんかやめてもいい……! せ、聖哉と、ず、ずっと一緒にいたいの……!」

まさかの愛の告白に私は卒倒しそうになる。どうにか気をしっかり保ち、告られた聖哉の様子を窺《うかが》った。だが聖哉はいつものように淡泊な表情かつ無言だった。そんな聖哉にアデネラ様は小包を差し出す。

「これ、わ、私の気持ち! け、ケーキ、作った! ご、ご、五時間かけて! う、受け取って、聖哉……!」

て、て、手作りケーキ!! それを受け取るってことは愛を受け取ったことに!? だ、ダメよ、聖哉……って、待てよ!? ケーキと言えば……!!

その時。私の脳裏に三日前、聖哉がセルセウスのケーキを、けちょんけちょんに、けなしたシーンが蘇《よみがえ》った。

ま、まさか!! いくら何でもあんな酷《ひど》いこと、女の子には言わないわよね!? 受け取らなくてもいいけど、言い方……言い方だけは気をつけてよ、聖哉!!

だが聖哉は即答した。

「まずい。いらん」

い、言いよったアアアアアアアアア!! コイツまた、食べてもないのに「まずい」言いよったアアアアアアアアア!?

おそるおそるアデネラ様を見ると、予想通り、灰のように真っ白に燃え尽きていた。

そんなアデネラ様に聖哉は躊躇《ちゅうちょ》なく追い打ちをかける。

「稽古《けいこ》してくれたことには感謝している。だが、お前と俺はそれだけの関係だ。ずっと一緒にいたいとか意味が全くわからん。そしてケーキも全くいらん。以上。さらばだ」

そしてザッと身を翻すと、聖哉はアデネラ様を振り返りもせず、大理石の廊下をひた歩いた。マッシュとエルルが慌てて後を追っていく。

「そう……そうだよね……わ、私なんか、ひひひひひ、ケーキと一緒で全くいらんよね……いひひひいひひひいひひひひひひひひひひひひひひひひいひひひひひ」

「あ、アデネラ様……うわっ!?」

不憫《ふびん》なアデネラ様に目をやった刹那《せつな》、私は思わず、叫んだ。

アデネラ様の双眸《そうぼう》から血の涙が溢《あふ》れていたからだ……。

走って追いつくと、私は聖哉を叱《しか》った。

「ちょっと！ 可哀想《かわいそう》じゃん、アデネラ様！」

「可哀想？ 俺はゲアブランデを救う為にアデネラの力を借りた。それの何がいけない？」

「そうじゃなくって、その後よ！ あんな酷いこと言わなくてもいいじゃん！ ちょっとは女心ってのを考えてあげようよ！　アデネラ様、泣いてたよ！　血の涙ダックダク流しながら！」

「知らん。俺には関係のないことだ。それよりリスタ。門を出せ。そしてお前達は荷物を持て」

聖哉はマッシュとエルルに道具の入った背負袋を担がせた。

はぁ……。冷たいなぁ……。間違ったことは言ってないかもだけど、何だかなぁ……。この分じゃ、エルルちゃんに魔法の才能がないと知ったら……ああ、考えただけで恐ろしいわ……。

私が地上への門を出した時だった。神殿の外より神々の悲鳴が聞こえた。

「うわあああああああ!?　アデネラ様が中庭の彫像を剣で滅多打ちにしているぞ!!」

「お、おやめください、アデネラ様!!」

「ご乱心！　アデネラ様がご乱心だ！　誰か止めろ!!」

「止めろと言っても、この強さでは……ぐはあっ!?」

外は大変な大騒ぎになっていた。だが聖哉はまるで我関せずと、門の前で艶《つや》やかな黒髪をかき上げ、いつもの台詞《せりふ》を言う。

「レディ・パーフェクトリー《準備は完全に整った》」

いや、それどころじゃねーだろ!!　どーすんのよ、アレ!?　あぁ、もう知らない!!　私のせいじゃないからね!!

……颯爽《さっそう》と門を潜《くぐ》る聖哉に続き、私は逃げるように統一神界を後にした。

第二十三章　イザレの村

竜の洞窟《どうくつ》はクライン城より東にしばらく進んだ所にあるという。そう教えてくれたマッシュも行ったことのない場所であり、故郷であるナカシ村の村長に聞いた話らしい。村長は「竜族の者が近くに行けば、自《おの》ずと洞窟の場所を感じるだろう」とも言っていたという。

とにかく私は、マッシュ救出の際、イシスター様に教えて貰《もら》ったクラインの森に門を出現させた。全員が門から出ると、早速、聖哉《せいや》が文句を言ってきた。

「どうせなら、まずはどこかの道具屋の前に門を出せばいいものを」

「道具屋？　な、何で？」

「今から洞窟に行くのだろう？　たいまつは勿論、食料や飲料水、色々と用意しなくてはなるまい」

エルルが不思議そうな顔で聖哉を見上げる。

「で、でも聖哉くん。洞窟って言っても魔物とかはいないと思うよ？　最強の武器を封じ込めた聖なる洞窟って私、聞いたもん」

「ダメだ。何があるか分からん。準備は必要だ」

「ま、まぁ、きっと行きがけに町か村があるわよ。見つけたら寄って買えばいいわ。とにかく行きましょう」

慎重な勇者をなだめつつ、歩き始める。だが森を出た途端、聖哉はまたも不機嫌そうに言う。

「どうしてわざわざ徒歩で行くのだ。イシスターに言って、竜の洞窟間近の安全な町に門を出せばいいだろうが」

「だ、ダメよ！　そうやってショートカットするのは本来、良くないの！　通常は前に出した門の近くから再開するものなんだから！」

ってか、そもそも普通の勇者は聖哉みたいにちょくちょく神界と異世界とを行き来しないけど！

「世界を救えなどと言っておきながら、そういう回りくどいことをするのが意味不明だ」

「仕方ないじゃん！　何度も言ってるけど、人間に過度の援助をしてはならないってのが神界のルールなんだから！　それに、たまにはフィールドを歩くのも楽しいわよ！　……ねっ、マッシュ？」

私が目配《めくば》せするとマッシュは大きく頷《うなず》いた。

「ああ!!　俺、早くモンスターと戦ってみたい!!　セルセウスのオッサンとの修行で自分がどれだけ強くなったか確かめたいんだ!!」

「ねーっ！　そうだよね！」

私達が意気投合すると聖哉は諦めたのか、小さな溜《た》め息《いき》を吐《つ》いた後、早足で歩き始めた。

聖哉を先頭に草原地帯を二十分は進んだだろうか。

「ふう、ふう」と後ろを歩くエルルが辛そうなので、背負っている荷物を持ってあげようとして近付くと、何とエルルは両手の間に小さな炎を作っていた。

「え？　それ何してるの、エルルちゃん？」

「あ、えっとね、ヘスティカ様が教えてくれたんだ。歩きながらでもこうやって魔法の練習出来るって。結構しんどいんだけどねー」

「それで息を切らしてたのね」

「うん！　けど、モンスターが出たら、聖哉くんとマッシュのお手伝いしたいし！　私もちょっとは役に立ちたいから！」

健気《けなげ》に微笑《ほほえ》むエルルの声が聞こえたらしく、聖哉は振り返った。

「そんなことはしなくて良い。お前は荷物持ちだ。荷物だけ持っていれば良い」

「そ、そっかー。あ、あはは……」

エルルは笑顔だったが、その顔は寂《さみ》しげだった。

「ちょっと聖哉!!」

相変わらず口の悪い勇者を窘《たしな》めようとしたが、

「それに、モンスターは現れない」

聖哉はぼそりとそう呟《つぶや》いた。

そういえば、さっきから随分と歩いているのに一匹もモンスターに出くわさない。この辺りはそこまで平和な地域ではない筈《はず》。なのに一体どうして？

だが、やがて。地平線の彼方《かなた》に、うごめくものが見えた。人間より視力の良《い》い私の目には、二足歩行で歩くブタのモンスターの醜悪な顔が映っている。

「マッシュ！　アレ、見える？　オークじゃない？」

「お、ホントだ！　オークか！　肩慣らしにはちょうど良いな！　いっちょうやるか！」

マッシュが剣を抜いて、遠くのオークに向かって駆けようとした、その時。突如、上空に現れた巨大な火の鳥がオークに向かって飛翔《ひしょう》する！　水鏡の池でヘスティカ様が作った火の鳥より、さらに一回り大きなそれはオークに急降下して体当たり！　瞬間、オークは炎に包まれ、その場にくずおれた！

エルルが私の腕にしがみつく。

「な、何なのーっ⁉　今のモンスター⁉」

「オークもろとも自爆したように見えたぜ⁉」

モンスター同士の仲間割れ⁉　い、いや、そもそもアレはモンスターなの⁉　もし、そうじゃないとしたら……

「皆《みんな》、気を付けて‼　術者が近くにいるかも知れないわ‼」

私が叫ぶとマッシュもエルルも防御態勢を取った。そんな緊迫したムードの中、聖哉が落ち着き払った口調で言う。

「気を付ける必要などない。アレは俺が作ったのだからな」

「「へ？」」

私達三人は呆然《ぼうぜん》と聖哉を見る。

『オートマティック・フェニックス《鳳凰自動追撃》』。半径50メートル以内に近付くモンスターの邪気を感知し、自動的に炎の攻撃をする」

あ、アレ、聖哉の魔法なんだ……!? 遠隔での火炎攻撃魔法——いや凄《すご》いっちゃあ、凄いけど……

「さ、流石《さすが》は師匠！ でも今度、敵が出たら俺がやるからさ！」

その時。エルルが叫んだ。

「あっ！ マッシュ、また敵だよ！ ほら、向こうっ！ 木のオバケが歩いてるっ！」

人間の顔が幹に刻まれた呪《のろ》われた樹木のモンスター『人面樹』が二体、こちらに向かってやって来ていた。

「ようし!! 待ってろよ、人面樹!!」

マッシュは鞘《さや》から剣を抜き、全力で走るが、空を飛ぶフェニックスの方が断然速い。滑空し、簡単にマッシュを抜き去ると、人面樹に激突。二体同時に炎上させた。

足を止め、その場で愕然《がくぜん》とするマッシュ。しかし、私はエルルに叫ぶ。

「見て！ 後方にまたモンスターよ！」

人間の子供程もある巨大蟻《あり》『キラーアント』の群れがこちらに向かってやって来ていた。

「エルルちゃん！ アナタのファイア・アロー《火炎弓》なら遠くの敵も倒せる！ そして今ならフェニックスは自爆したばかりで、いない！ いけるわよ！」

「う、うんっ！」

エルルは早速ファイア・アロー《火炎弓》を展開、矢を放つ。

「いっけえええっ!!」

まさにキラーアントにエルルの魔法の矢が直撃するかと思った瞬間、矢の軌道上に新たなフェニックスが降り立った。フェニックスは、炎の片翼でファイア・アロー《火炎弓》を『ぺしっ』と払った後、キラーアントにぶつかり炎上した。

唖然《あぜん》とするエルル。その隣で聖哉が自信ありげに腕を組んでいた。

「無駄だ。オートマティック・フェニックス《鳳凰自動追撃》はレベル30以下のモンスターなら瞬殺する。それを常時、三基、上空に放っているのだ。お前達の出る幕はない」

「そ、それじゃあモンスターと戦えねえじゃんかよ……!!」

流石に苦虫を嚙《か》み潰《つぶ》したような顔をしたマッシュを聖哉は睨《にら》んだ。

「どうした、マッシュ。『戦わずして勝つ』――それが最上の策だとこの間、教えたろう?」

「あっ!!　そ、そうでした!!」

「戦闘より、お前とエルルは荷物が荷崩れしないかに気を配れ。わかったな?」

「お、押忍《おす》!!」

そして聖哉は颯爽と先頭に立って歩き出した。

私はそんな聖哉の大きな背中をジト目で見る。

……モンスターに出会わない訳だわ。今まで全部、フェニックスが退治してたのね。ってか、ちょっとくらいマッシュとエルルちゃんに戦わせてやればいいのに……。そ、それにしても、あんな高位遠隔魔法の特技まで会得しているなんて一体、聖哉って今、どれほどのステータスになっているのかしら？　どうせ聞いても教えてくれないだろうし……

――ようし‼　久し振りに見ちゃおっかな‼

私は意を決して、聖哉に対して能力透視を発動した……。

竜宮院聖哉《りゅうぐういんせいや》
Ｌｖ：１
ＨＰ：１１１　ＭＰ：１１１
攻撃力：１　防御力：１　素早さ：１　魔力：１　成長度：１
耐性：火・氷・風・水・雷・土
特殊スキル：火炎魔法（Ｌｖ：１）　魔法剣（Ｌｖ：１）
性格：ありえないくらい慎重

……ぜ、全部『１』⁉　何て露骨な偽装《フェイク》‼　フンッ‼　なら、目に大きな負担を掛けるけどメガ《女》ミッ《神》クパワー《カ》を使って、その偽装を破るまでよ‼　さぁ、いくわよっ‼　猛《たけ》り狂え‼　私のメガミックパワー……って、あ、あれ？

気付けば私の目の前に、聖哉のステータスから飛び出した『数字の1』が、横一列に並んでいた。人差し指ほどの『数字の1』は生き物のように体を揺らし、

「イー、イー！」と甲高い声で鳴いている。

な、何かしら、コレ……で、でも……ウフフッ！　ちょっぴり可愛《かわい》いかも……なんて思った刹那《せつな》、沢山の『1』が私の目に向かって飛び込んできた！　数字の1の先端が私の目にサクサクと突き刺さる！

「ホッギャアアアアアアア!?　目が痛《い》ってえええええええええ!?」

あまりの痛さに絶叫すると、隣で歩いていたマッシュがビクッと体を大きく震わせた。

「きゅ、急に何だよ、リスタ!?　ビックリするだろ!!」

「す、数字の1が!!　数字の1が、イーイー鳴いて可愛いかもと思った瞬間、私の目に飛んできて突き刺さったのよおおおおおお!!」

「!?　なんだそれ、童話!?　アンタ、ひょっとして妙な葉っぱでも、やってんのか!?」

「別にバッドトリップしてる訳じゃないわよっ!!」

私達がギャーギャー騒いでいるのを、聖哉は冷めた目で見詰めていた。

「……また得意の覗《のぞ》き趣味か」

「犯罪者みたいに言わないでくれるかな!?」

「人の情報を勝手に盗み見るのは立派な犯罪ではないか。この世界に警察があれば通報したいくらいだ」

「だ、だったら聖哉のステータス、私に教えてくれたらいいじゃん‼」

「ダメだ。お前が知る必要はない。ちなみに言っておくが、さっきのトラップは単なる警告だ。今度見たら、両目と頭部を破壊する。二度と見るな」

両目どころか頭部まで……⁉　ゴクリ……‼　こ、これは、しばらく見ない方が良いわね……‼

戦慄《せんりつ》しつつ、私は聖哉の能力透視を諦《あきら》めたのだった。


やがて前方に田園風景が見えてきた。畑の周りには木造の小屋も点在している。どうやら小さな村に辿《たど》り着いたらしい。

「うむ。それでは此処《ここ》に寄って道具を調達するとしよう。品数は少なそうだがな」

そんな聖哉の前にクワを持ったおじさんが歩いてきた。おじさんはにこやかに微笑む。

「やあ、旅の人達。ようこそ来なすった。此処はイザレの村だべ」

そのおじさんの顔に、聖哉は懐から取り出した聖水を振りかけた。

「ぷわっぷ⁉　いきなり、なにすんだ、おめえ⁉」

「うむ。人間のようだ」

「いや、聖哉⁉　もう聖水よくない⁉　デスマグラもやっつけたし、流石にアンデッドは出ないと思うよ⁉」

「そう思わせておいてアンデッドかも知れん。油断は大敵だ」

そして聖哉はマッシュを振り返った。

「いいか、マッシュ。新しい格言を授ける。覚えておけ。『忘れた頃《ころ》にアンデッド』」

「『忘れた頃にアンデッド』か……!! くぅーっ!! これまた心に沁《し》みる名言だぜ!!」

い、一体どの辺が心に沁みるのよ……。全く理解出来ないわ……。

私と同じように、おじさんもウンザリした顔で、聖水で濡《ぬ》れた服を眺めていた。

「ビチョビチョだべ……なにすんだよ、もう……」

「おい、お前。この村の道具屋は何処《どこ》だ。さっさと教えろ」

「こ、こんなことしておいて、よくそんな風に上から聞けるもんだべな。……道具屋は此処をしばらくまっすぐ行って、突き当たりを右に曲がったところにあるだ……」

ふて腐れたおじさんが言った通りに、まっすぐ歩く。すると、すぐに道具屋の看板が見えてきた。

エルルが首をかしげる。

「あれれ？ もう道具屋？ 道の突き当たりを右に曲がるんじゃなかったっけ？」

「でも看板に道具屋って書いてあるぜ？」

「きっとあのおじさん、聖哉に聖水を掛けられた腹いせに嘘《うそ》を教えたのよ……」

そして私達はその道具屋に入った。だが店内に足を入れた途端、妙な感覚に襲われた。聖哉も気付いたらしく、腰の鞘に指を当てている。

「いらっしゃい」

しわがれた声と共に商品の陳列してある棚の向こうから現れたのは、背が極端に小さく、でっぷりとした店主だった。しかし、その男から僅《わず》かに感じる気配。それは……

私は剣を中段に構えた聖哉を止める。

「ま、待って、聖哉！　これはドワーフ！　分類はモンスターだけど、その殆《ほとん》どが人間を襲わず、平穏に暮らしているの！」

私の叫び声に店の奥から、同じように背の小さい年配の女と、男の子が飛び出してきた。剣を持った聖哉を見て、血相を変える。

「や、やめてください！　一体、主人が何をしたというのですか！」

「やめろー！　パパをイジメるなー！」

私の膝下《ひざした》くらいしか身長のないドワーフの少年は大声で聖哉に訴えていた。流石に敵意はないと感じたのか、聖哉は剣を仕舞った。そして怯《おび》えるドワーフの店主に言う。

「おい。この店に、たいまつは置いているか？」

「は、はい。ご、ございますが……ひょっとしてあの洞窟《どうくつ》に行くのですか？」

「知っているのか？」

「ええ。東の岩場に洞窟があります。でも、入ってすぐに行き止まりですよ……」

マッシュがハタと膝を打った。

「それだ！　俺とエルルが封印を解けば、きっと行き止まりの向こうに行ける筈《はず》だぜ！」

「なるほど。とにかく、たいまつを貰《もら》おうか」

「ね、ねえ、聖哉。私、思ったんだけど、聖哉の火の魔法を使えば、たいまつが無くても明るいんじゃない？」

「ダメだ。ＭＰを無駄に消費したくない」

するとエルルが元気に手を上げた。

「じゃ、じゃあ、聖哉くん！　私の火の魔法を使ってよっ！　私のＭＰなら減っても大丈夫でしょ？」

そんな名乗りを聖哉は一蹴《いっしゅう》する。

「いらん。お前の魔法より、たいまつの方がよっぽど信頼出来る」

「聖哉っ‼　あ、アンタねえ‼」

私は叫ぶが、エルルはぎこちない笑顔を見せる。

「い、いいよ、リスたん。確かに私のファイア、不安定だし」

「エルルちゃん……」

どうにか役に立とうと振る舞うエルルが何だか不憫《ふびん》だった。

何よ、もう、聖哉の奴《やつ》‼　そのくらい、エルルちゃんにやらせてあげたらいいのにさ‼

だが聖哉は、もはや、たいまつを買う気満々だった。小袋から金貨を出しつつ、マッシュに目を向ける。

「おい、マッシュ。今から俺達は初めての洞窟に向かう。そこで問題だ。たいまつは何本いる？」

「五十本‼」

「‼　マッシュ⁉」

とんでもない数のたいまつを即座に回答したマッシュに私は叫んだ。

こ、この子、聖哉に毒されて道具感覚が完全におかしくなってるわ!!

しかし、それでも聖哉は首を横に振る。

「惜しいが違う。洞窟は迷宮のように入り組んでいるかも知れん。つまり入ったら最後、数十日出られなくなることも考えられる。他《ほか》にも水を吐くモンスターに襲われ、手持ちのたいまつがシンナリ湿って使い物にならなくなることも推測出来る。加えて、最強の武器を手に入れた後は帰りの分のたいまつも必要……となれば、最低、五百ぽ、」

「五本ください!!」

聖哉の言葉に被《かぶ》せるように私は店主に注文した。


明らかに不服そうな聖哉を押し出すようにして外に出ると、背後からドワーフの店主と、妻と息子が笑顔で私達を見送った。

「お買い上げありがとうございました。冒険者の皆様に、クロスド＝タナトゥスの加護がありますように……」

クロスド……? 聞いたことないわね。この辺りで崇拝されている精霊かしら?

特に気にもせず、その後、違う店で保存食と水を手に入れ、ようやく私達は竜の洞窟へと向かったのだった。

第二十四章　竜の洞窟

ドワーフの店主が言ったように、村を出てさらに東に向かうと、徐々に地形が変わっていった。先程まで草原を進んでいた私達は今、大小様々な岩が足下に転がる岩場を歩いていた。

それにしてもかなり広い岩場である。洞窟の場所を道具屋にきちんと聞いておけば良かったと後悔していると、エルルが私に手をかざした。

「リスたん。見て」

何とエルルの手の甲に竜を象《かたど》ったような紋章が現れ、光を放っていた。マッシュの手にも同じような紋章が輝いている。

「初めての場所だ。でもわかるぜ。きっとあっちだ……」

マッシュとエルルは紋章に導かれるように、岩場を進む。私と聖哉《せいや》はその後に続いた。

やがて二人が足を止めた場所には、見上げる程に巨大な岩壁。その下部に大きな空洞がぽっかりと口を開けている。

「どうやら着いたようだな」

聖哉はたいまつを取り出し、火を灯《とも》した。今度は聖哉を先頭にして、私達は洞窟に入った。

ゆっくりゆっくりと洞窟内を慎重に歩く聖哉だったが、五十歩も行かないうちに洞窟は行き止まりとなった。

「あっ、ホラ！　もう行き止まりだよ！　やっぱり、たいまつ、いらなかったじゃん！」

したり顔で言うが、

「そんなことより、これを見ろ」

聖哉は目の前の岩壁を指さしていた。

——じ、自分に都合の悪いことはスルー……!!　何だかもう腹立つのを通り越して羨《うらや》ましい性格だわね……!!

まぁとにかく、聖哉の言うように岩壁には、竜族の紋章が壁画のように大きく描かれていた。紋章の下には二人分の手形が彫られており、そこにマッシュとエルルの手を置けば封印が解けるのは明白だった。

「よし、エルル！　俺達の出番だぜ！」

「うんっ！」

二人がまさに手をかざそうとした時『ゴキゴキッ』。聖哉の方から骨がきしむ音が聞こえた。驚いて皆《みな》、聖哉を見ると、巨大な岩壁を前にプラチナソードを抜いている。

「せ、聖哉!?」

途端、聖哉はフェニックス・ドライブ《鳳凰炎舞斬》のように残像が残る速さで、何度も何度も頑強な岩壁に剣を叩《たた》き付け始めた！　洞窟内に耳を塞《ふさ》ぎたくなる大音響が木霊する！

「ちょっと!!　何やって……」

止めようとした。だが……いつしか聖哉に見惚《みと》れている自分がいた。剣を振るう聖哉の腕は滑らかに円を描くように、またムチを振るうように、強烈に岩肌を打ち付けていた。それは私が今まで一度も見たことのない剣さばきだった。流麗かつ華麗に激しい斬撃《ざんげき》を打ち込みながらも、聖哉は息を乱していない。

「……腕や手首の関節を極度に柔軟にすることによって、斬《き》り落とし、斬り返し、なぎ払い、打突などの剣技を一度の攻撃動作で行い、それを何度も繰り返す――これが、」

そこまで言った時！　堅固な岩壁に亀裂《きれつ》が生じる！　刹那《せつな》、私達の前に立ちふさがっていた障壁は、ガラガラと音を立てて崩れ去った！

「これが……『エターナル・ソード《連撃剣》』だ……」

アデネラ様直伝の絶技を目の当たりにし、私よりも唖然《あぜん》としていたのは竜族の二人だった。

「む、無理矢理、封印解除しちまった……!!」

「わ、私達、いらないじゃん……!!」

可哀想《かわいそう》な二人を無視して、聖哉は崩れた壁の向こうに進んだ。

マッシュとエルルを励ました後、聖哉に遅れて、壁の向こうに入った私達はまたしても唖然呆然《ぼうぜん》とする。てっきり大きな宝箱でも置いてあるかと思っていたのに、そこは何もない狭い空間だったのだ。

「あ、あれ？　此処に最強の武器があるんじゃないの？」

見回しても何もない。ただ魔法陣が地面に描かれているだけだった。肩すかしを食ったような気分がした次の瞬間、不意にその魔法陣から光が溢《あふ》れた。同時に荘厳な声が辺りに響く。

『よくぞ此処まで来られた……竜の血を受け継ぐ我らが同胞よ……』

「な、何だ⁉」

男性と思《おぼ》しきその声は、どうやら魔法陣から聞こえてくるようであった。

『勇者様……どうぞこの魔法陣の上にお乗りください。我ら竜族が住まう竜の里への扉を開きましょう。そしてそこにて、最強の武器イグザシオンを授けましょう』

イグザシオン……‼　それが魔王を倒せる最強の武器の名称……‼

「ねえ、皆！　これってきっと私の出す門みたいな感じよ！　この魔法陣から竜の里までワープ出来るんだわ！」

「竜の里か！　それって俺とエルルの本当の故郷ってことだよな？」

「う、うん！　何だかドキドキするねっ！」

「ええ！　早速、行ってみましょう！」

興奮した私達が、魔法陣の上に乗ろうとしたが、聖哉が片腕を伸ばして、制止する。

「待て。危険すぎる。罠《わな》かも知れん」

「え……。罠って……聖哉？」

聖哉は岩壁を這《は》っていた一匹のトカゲを捕らえ、魔法陣に乗せた。

「よし。全員乗ったぞ」

そして魔法陣に向かって平然と嘘を吐《は》く。

ええーっ⁉　乗ってないじゃん‼　乗ってるの、トカゲじゃん‼

『では竜の里へと転送致します』

声の主が言うや、トカゲは光に包まれ、魔法陣に吸い込まれるように消えた。

やがて、魔法陣から荘厳だが、少し狼狽《ろうばい》した声が響いた。

『いや……あの……何故《なぜ》だかトカゲが送られてきたのですが……』

「うむ。では、そのトカゲを今度はこちらに送り返して貰おうか」

『い、一体どうして、そんなことを……？』

「いいから、やれ。まさか出来ないとは言わせないぞ？」

『わ、わかりました……』

やがてトカゲは送り返されてきた。聖哉は食い入るようにそのトカゲを観察する。

「ふむ。トカゲに外観的な異常はない。どうやら俺達を異次元に送り、一網打尽にする罠ではなさそうだな」

『……そ、そんなこと……し、しませんって……』

いつの間にか魔法陣の声からは、荘厳さが掻《か》き消されていた。

……何だかんだで、光に包まれ、ようやく私達が魔法陣から転送されると、

「ようこそ。竜の里へ」

洞窟《どうくつ》で聞こえていたのと同じ声がして、私はその声の主を見た。その途端、

「ひえっ⁉」

声を上げて叫んでしまった。

人間のように二足で立ち、麻の服を着ている。だが、それは大きなトカゲであった。突出した口からは短い牙《きば》が生えており、そこから人語を発している。

「驚かれるのも無理はありません。我々、『竜人』の容姿は人間とは随分違いますので」

竜人は爬虫類《はちゆうるい》のような目を細めながら口を歪《ゆが》ませた。どうやら笑顔を繕っているらしい。

「しかし、こちらも先程は驚きましたよ。魔法陣に向かい『ようこそ。竜の里へ』と言ったら、小さなトカゲがポツンと一匹、居ただけでしたからね」

「な、何だか色々すいません……」

私が謝ると、竜人は「ふふふ」と笑った。

「まぁそのくらい用心深い方が世界の命運を託すのに安心というものです。……いや、申し遅れました。私、竜の洞窟の番をしておりますラゴスと言う者です」

ラゴスは歩くと、部屋の扉に手を伸ばした。

「さぁ竜王母《りゆうおうぼ》様が神殿にて待っておられます。今より、ご案内致しましょう……」

扉の外に出ると、そこは町の中であった。だが、目に入る光景は今までゲアブランデで見た、どの町や村とも違う。『竜の里』というから牧歌的な雰囲気を想像していたのだが、どちらかと言えば、統一神界に近く、地球でいえばバロック様式のような感じの緻密《ちみつ》で芸術的な造りの建物が林立している。

キョロキョロと珍しげに物見する私達にラゴスは歩きながら話しかける。

「竜の里はアナタ方が居た場所より、海を隔てた遥《はる》か西の大陸ユーレアにあります。ユーレアは深い霧に包まれた人類未到の幻の大陸なのです。此処《ここ》に人間が立ち入るにはあの魔法陣を潜《くぐ》るより他に方法はないでしょう」

……なるほど。どの世界に於《お》いても、竜は神に近い存在。人間界に大事が起こった時以外、人目を忍んで、密《ひそ》かに暮らしているという訳ね。

ラゴスに連れられ、歩いていると、すれ違う竜人達がマッシュとエルルを見て、口々に声を上げた。

「あれがマッシュ様とエルル様か！」

「マッシュ様！　なんと逞《たくま》しい！」

「ああ、エルル様も見目麗しいわ！」

竜人達に羨望《せんぼう》の眼差《まなざ》しを向けられ、照れくささを隠すようにマッシュはラゴスに話しかけた。

「な、なぁ。どうして俺とエルルは、此処の奴《やつ》らと全然姿が違うんだ？」

「元々、我々『竜人』は竜と人との間の存在です。と言っても、その殆《ほとん》どが竜の血の方が色濃く前面に出ています。それで竜に近い外見になる訳です」

それを聞いて、聖哉が口を開く。

「つまり、こいつらは竜の血が少ない出来損ないということか」

「そ、そうなのか……!?」

「そ、そーなんだ……⁉」

露骨な言葉に落ち込むマッシュとエルル。私が聖哉を叱《しか》ってやろうとした時、ラゴスは快活に笑った。

「いえいえ！　逆ですよ、勇者様！　マッシュ様とエルル様こそ選ばれしお方！　我々、通常の竜人には成《な》し得ない偉業を達成される運命を背負いし竜族なのです！」

「それってどういうことなんだよ？」

マッシュが尋ねるが、ラゴスは首を横に振った。

「詳しくはこれから会われる竜王母様に直接お聞きになった方が良《い》いでしょう」

そう言って口をつぐんだラゴスに、今度はエルルが話しかける。

「ね、ねえラゴスさん。ひょっとして、私とマッシュの身内ってどこかにいるのかな？　お、お父さんとかお母さんとか……」

するとラゴスは、しばらく黙った後、

「お伝えするのは大変、心苦しいのですが……マッシュ様、エルル様のご両親ともに十数年前、里で大流行した疫病にて既に他界されております。聞いた話ですと親戚《しんせき》縁者も皆、その時に……」

「そ、そっか」

「エルルちゃん……大丈夫？」

「う、うん！　何となくそんな気がしてたし！　それに私にはマッシュがいるから平気だよ！」

気丈に振る舞うエルルにラゴスは微笑《ほほえ》んだ。

「此処にいる竜人全てはお二人を家族として思っておりますよ。それに竜王母様は我ら竜族の全てにとって母なる存在。アナタ達が来るのを楽しみに待っておられます」

「そうなんだ‼　早く会ってみたいなー‼」

エルルが無邪気に微笑んだ。

——竜王母……竜族にとって母なる存在……か。私達、女神にとってのイシスター様のように高貴で優しいお方なのかしら？

ラゴスに案内され、私達は統一神界の神殿に勝るとも劣らない豪奢《ごうしゃ》な造りの神殿に足を踏み入れた。

長く続く赤絨毯《あかじゅうたん》の先。竜人の従者達に囲まれ、竜王母は玉座に腰を下ろしていた。

私達の姿が目に入ったのだろう。ゆっくりと立ち上がる。

「よくぞ来られたの。マッシュにエルル。そして勇者に女神よ。妾《わらわ》がこの竜の里を治める竜王母じゃ」

声だけ聞くと、確かに高貴な感じがした。首には高価そうなネックレスを着け、裾《すそ》を引きずる鶯色《うぐいすいろ》のドレスを身にまとっている。しかし、ドレスから覗《のぞ》くのは爬虫類の如《ごと》き黄土色の皮膚、感情の読めない冷たい瞳《ひとみ》、突き出た鼻と口。

竜王母も他《ほか》の竜人と変わらぬ直立する大トカゲであった。

——う、うわ……。全然イシスター様と違うじゃん。そして……お世辞にも綺麗《きれい》とは言えないわね……。

竜王母は爬虫類の目をギョロリと剝《む》いて、真剣な声を出した。

「さて……事態は切迫しておる。今は亡き黄竜帝《こうりゅうてい》様が百年前に予言した通り、邪悪がこの世界を吞《の》み込もうとしておるのじゃ。魔王は北の寒地アルフォレイス大陸を根城に、今も着々と侵攻を開始しておる」

竜王母が、さらりと言ってのけた情報に私は声を上げる。

「アルフォレイス大陸……！　そこに魔王の居城があるのですね……！」

私は以前から考えていた案を言葉に出してみる。

「魔王城の場所が分かるなら、聖哉のメテオ・ストライク《小隕石飛来衝》で一気に壊滅させられるんじゃ⁉」

だが、竜王母は太い鎌首《かまくび》を横に振る。

「無駄じゃ。巨大な城の周りには外部からの攻撃を跳ね返すリフレクト《反射魔法障壁》が施されておる。隕石《いんせき》などぶつけようとしたら、術者にそれが跳ね返ってくるぞ」

そ、そっか……。やっぱりそんなに簡単にはいかないか……。

「じゃが、安心してたもれ。その為《ため》にこのマッシュとエルルがいるのじゃからな」

目を細めて竜族の二人を見た後、竜王母はマッシュに手招きした。

「マッシュよ。近《ちこ》う寄れ」

「えっ！　お、俺？」

おそるおそる近寄ったマッシュの頭に竜王母は手を乗せた。

「竜人変化のコツを教えてやろう」

一瞬、竜王母の手が輝いたように見えた。そして次の瞬間、

「ま、マッシュ!?」

私は叫ぶ。マッシュの顔や手足の皮膚が黄土色に変色していく！　それと同時に体や顔の輪郭も変わっていき……

「えっ、えっ、えっ!!　ちょ、ちょっと俺、今、どうなってんの!?」

不安げにマッシュが叫んだ時、既にマッシュは立派なトカゲ人間――いや、竜人になっていた。

「ほれ、ほれ。誰《だれ》ぞ、鏡を持てい」

竜王母の言葉で従者が持ってきた手鏡を覗き込んだマッシュは、

「うわぁ……」

変わり果てた自身の姿に嘆いた。竜王母は笑う。

「ホッホッ。いきなり竜人の姿になっては慣れぬものよの。じゃが、マッシュよ。お主の能力は今、随分と向上したのじゃぞ？」

「そ、そうなの？　……リスタ！　俺の能力を見てくれるか？」

「え、ええ！　わかったわ！」

そして能力透視を発動した私は息を呑んだ。

マッシュ

Ｌｖ：16

HP：13810　MP：0
攻撃力：9210　防御力：8770　素早さ：7900　魔力：0　成長度：57
耐性：火・氷・毒
特殊スキル：攻撃力増加（Lv：5）　竜人化（Lv：3）
特技：ドラゴン・スラスト《竜打突》
　　　ドラゴン・スラッシュ《昇竜斬》
性格：勇敢

……レベルは変わっていない。だけど、

「す、すごいわ、マッシュ!!　今までの十倍の能力値になってるわよ!!」

「ほ、本当か!!　で、でも言われてみれば……力が溢《あふ》れてくる!!　今なら何でも出来そうな気分だぜ!!」

最初は自身のヴィジュアルに不満だったマッシュだが、今は誇らしげに聖哉に叫ぶ。

「見てくれ、師匠!!　俺、こんなに強くなったぜ!!」

「うむ。だが、あまり近寄るな。モンスターみたいで思わず叩《たた》き斬《き》ってしまいそうになる」

「!?　ひっでぇよ、師匠!!」

「まぁ、それにしても驚いたな。やるじゃないか、マッシュ」

珍しく聖哉に褒められて嬉《うれ》しそうなマッシュだったが、

「俺の三十分の一くらいの能力値だ」

何気ない聖哉の一言に大きなショックを受けた。

「えっ……師匠の三十分の一しかないの……？　竜人化してるのに……？　ウッソ、マジで……？」

やがてマッシュはシオシオと人間の姿に戻った。マッシュの気持ちも知らず、聖哉は肩を叩く。

「よかったな。これでもっと荷物が運べるぞ」

「お、押忍《おす》……」

──せ、せっかく十倍のステータスを手に入れて喜んでたのに……!!　可哀想《かわいそう》すぎる……!!　ってか、マッシュの三十倍って、一体どれだけ強いのよ、この勇者は!?

しかし、竜王母は落ち込むマッシュに、ニコニコと微笑んでいた。

「マッシュよ。修行を続け、時が来ればさらに『竜人』から『神竜』へと化することも可能じゃろう。そうすればさらに能力値は跳ね上がろうぞ」

「ほ、本当か!?」

「無論じゃ。お主はそれくらいの力を秘めた選ばれし竜族なのじゃからな」

「よーし!!　俺、頑張るぞ!!」

希望に胸を膨らませるマッシュを横目に、エルルは耐えられなくなったように叫んだ。

「りゅ、竜王母様っ!!　わ、私にも、今の、やってくれますかっ!!」

「いや。アレはエルルには必要ないのじゃ」

「えっ……そ、そんな……!!」

聖哉と同様、竜王母にも突き放されて、泣き出しそうなエルル。

だが、竜王母は優しくエルルに告げた。

「安心せよ。お主にはマッシュより、もっともっと大切なお役目があるのじゃからの」

「ほ、本当ですかっ⁉　そ、それってどんな⁉」

目を輝かせたエルルに対し、竜王母は、口からチロリと赤く長い、裂けた舌を出した。

「エルルよ。お主はその命を捧《ささ》げ、最強の聖剣イグザシオンとなるのじゃ」

第二十五章　聖剣の儀

「……えっ」

エルルが硬直する。同時に私もマッシュも言葉を失う。

何かの聞き間違いかと思い、私は竜王母《りゅうおうぼ》に尋ねた。

「あ、あの……い、今、なんて仰《おっしゃ》いました？」

「んん？　この娘エルルがイグザシオンになる運命の御子《みこ》だと、妾はそう言ったのじゃ」

「な、何だよ、それ‼　い、イグザシオンって武器じゃねえのかよ⁉」

「無論、魔王を倒す最強の力を秘めた聖剣じゃ。そしてそれは人間の容姿で生まれし、竜族の女子《おなご》の命を捧げることで、世にその姿を現すのじゃ」

竜王母は戦慄《せんりつ》の事実を、まるで世間話でもするように淡々と語った。

「エルルは人間達の世界で十数年過ごすことで、人の気を浴び、より一層、イグザシオンとなるに相応《ふさわ》しい器を手に入れたのじゃ。エルルよ。真《まこと》に羨《うらや》ましいぞ。お主は世界を救う力そのものとなる。聖剣イグザシオンとなって未来永劫《えいごう》に生き続けるのじゃ。我らが竜族の誉れじゃぞ」

竜王母もその背後にいる従者達も皆《みな》、一様にニコニコと小さな牙《きば》の並ぶ口を開き、笑顔を繕っていた。

「さて。それでは妾は聖剣の儀の準備に取りかかろう。儀は今宵《こよい》、最後の晩餐《ばんさん》の後で執り行う。エルルよ。それまでは、ゆるりと仲間達と共に過ごすがよかろうぞ……」


その後。私達はまるで魂を抜かれたように、竜の神殿から出た。

しばらくは誰も口をきかなかった。ただ呆然《ぼうぜん》と竜の里をウロウロと彷徨《さまよ》うように歩いた。

やがてマッシュが思い立ったように、口を開く。

「エルル……お前……どうすんだよ？」

「ど、どうする、って……何が？」

「バカ‼　決まってんだろ‼　死んでイグザシオンになることだよ‼　ホントにお前、それでいいのかよ⁉」

エルルは少し困ったような顔をして、

「うん……でもそれが私の使命だって言うなら、仕方ないかな、って」

「仕方ないって……何だよ、それ‼」

「えへへ」とエルルは笑う。

「でもさ、私、ずっと皆の役に立ちたかったから‼　だからその願いが叶《かな》って、ちょっと嬉しいかなって‼　剣になったら永遠に生きられるらしいし、世界を救うことだって出来るしね‼　竜王母様も言ってたけど、やっぱりすごく名誉なことだよ、これって‼」

「エルル……」

うつむくマッシュ。そしてエルルは私に視線を送る。

「ねっ、そうだよね!? これでいいんだよね、リスたん!?」

「え……ええ……」

私は歯切れの悪い返事をした。

……私は女神として、この世界ゲアブランデを救う為に此処《ここ》に来た。そして、その為に仲間の命が必要だと言われたら、それは甘んじて差し出すべきなのだろうか？ エルル自身は命を捨てる覚悟があると言っている。ならば……

──いや……だけど……本当に……本当に、それでいいの？

いくら考えてもハッキリとした結論は出せず、頭はモヤモヤとするばかりだった。

煮詰まった私は女神のくせに、人間の勇者に助言を求めた。

「ね、ねえ、聖哉《せいや》……アンタも何か言って……って、え？」

聖哉の方を向いた私は絶句する。聖哉は離れた場所で道具屋の竜人と話し合っていた。

「旦那《だんな》！ コレが『素早さの種』ですぜ！ 食べれば十分間だけ素早さを上げられるんだ！ 人間の町じゃあ、こんな珍しい物、売ってないぜ！」

「本当に食べても大丈夫なのだろうな？」

「いくら食べても平気だよ！」

「嘘《うそ》だったら許さんぞ。訴訟を起こすからな」

「疑《うたぐ》り深いお客さんだな！ 大丈夫だってのに！ 里の竜神様に誓って、大丈夫だよ！」

「ならば、少し貰《もら》おう」

「ちょ、ちょっと聖哉!! アンタ、何やってんのよ!! 今は買い物どころじゃないでしょ!!」

怒るが聞いていない。小袋から金貨を取り出し、道具を買った後、聖哉はようやく私達の方を振り向いた。

「何だ？」

「何だ、じゃないわよ!! アンタもエルルちゃんに何か言ってあげてよ!!」

すると、聖哉は鋭く尖《とが》った目をエルルへと向けた。

「コイツの為《な》すべきことは既に決まっているだろうが。あえて俺が口に出して言う必要はあるまい」

――うっ……！

まるで竜王母のように感情に乏しく、だけど、それでいて明確に示された勇者の意志に私は二の句が継げなかった。

エルルは寂《さみ》しげに笑う。

「そ、そうだよね！ 言うまでもないよね！ あはは！ そうだよ、聖哉くんの言う通りだって！」

……そう。確かにこれは既に決まっていること。世界を救う為には致し方ないこと。そして、何より当のエルル自身がその覚悟なら……。

いつの間にか、日は翳《かげ》り始めている。そして、気付けば私達の前に鎧《よろい》をまとった竜人達が、ひざまずいていた。

「最後の晩餐の用意が整いましてございます。竜の谷へとご案内致しますので、どうぞこちらへ……」

とっぷりと日の落ちた急勾配《きゅうこうばい》の山を登り、辿《たど》り着いた渓谷付近には、たいまつの明かりに照らされ、木のテーブルや椅子《いす》が沢山並んで用意されていた。テーブルの上には、湯気の立った食べ物や高価そうなブドウ酒が置かれており、数十名の竜人達が談笑している。

中でも一際、豪華なテーブルには竜王母がいて、グラスで酒を飲んでいた。私達に気付くと手招きをする。

「おお、こちらじゃ。女神様に勇者殿、それにマッシュよ」

エルルも行こうとすると、鎧を着た竜人が立ちふさがった。

「エルル様はこちらにてお着替えがございますので……」

「え、エルル……！」

マッシュがエルルに伸ばそうとした手は届かなかった。エルルは、ちらちらとマッシュを不安げに振り返りながら、竜人に連れられて行ってしまった。

突然、竜王母が『パンッ』と大きく柏手《かしわで》を打つ。

「さぁ、エルルの着替えの準備が出来るまで、料理に舌鼓を打ってくだされ」

私もマッシュも竜人の兵士に肩を押され、無理矢理、席に座らされる。

「里の者が精魂込めて作った料理じゃ。是非、味わって食べてたもれ」

「は、はい……」

食欲など全くないが、そう言われて私は、サラダやスープなどの軽食に手を付けた。マッシュも社交辞令のような顔つきでスープを少しだけ飲んでいる。

だが聖哉だけは何も食べず、また飲み物すら自分が用意した保存水を飲んでいた。

そんな聖哉のもとへ、幼い竜人達が皿を持って駆けてくる。

「ねえ！　クッキー作ったの！　食べて！」

三人の子供の竜人は、大人に比べると随分、愛らしい顔をしていた。ほんの少し、心が癒《い》やされたような気がして、私は差し出されたクッキーを笑顔で受け取った。

「おにいちゃんも食べて！　一生懸命作ったの！」

子供に言われ、聖哉も渋々、クッキーを手に取った。純真な子供に酷《ひど》いことを言わないように睨《にら》んでいる私に気付いたのか、聖哉は無言でクッキーをボリボリと齧《かじ》っていた。

クッキーを食べつつ、私は隣で酒を飲む竜王母に、おずおずと話しかける。

「あ、あのー……やっぱり、どうしてもエルルちゃんは剣にならなければダメなんですか？」

「無論じゃ。エルルを聖剣にする以外、世界を救う方法はない。そうせねば世界は魔王に滅ぼされるのじゃからな」

「そ、そうですか。そうですよね……」

「それよりも女神様。今は存分にこの宴《うたげ》を楽しんでくだされ。それが何よりエルルの為じゃからの」

「は、はぁ……」

テーブルの前では、太鼓や笛の音に合わせて竜人達が舞を披露していた。やがて、舞が終わると辺りを照らしていた、たいまつが一斉に消された。突然、周りは深い闇《やみ》に包まれる。だが、その直後、谷へ向かって一本の道を作るように再び、たいまつが点火された。

たいまつのアーチの間を、美しい薄紅のドレスを着たエルルが、竜人に連れられ、ゆっくりと歩いて来る。赤毛は綺麗《きれい》に結われ、顔には化粧が施され、首には竜王母が着けていた高価なネックレスが掛けられている。着飾ったエルルは、まるで貴族のように凜《りん》とした美しさを放っていた。

竜王母が席を立つ。

「さぁ……いよいよ、聖剣の儀を執り行おうぞ」

竜王母はエルルの歩く道の終点、谷の方を指さした。

「この谷の底――『竜穴奈落《りゅうけつならく》』には、かつて黄竜帝《こうりゅうてい》様が記した魔法陣がある。そこに飛び込めば、運命の御子エルルの血肉は全て吸い取られ、やがて眩《まばゆ》く輝く聖剣イグザシオンに変化して、再び浮かび上がるのじゃ」

竜王母が言うや、その場にいた全ての竜人が拍手喝采《かっさい》をした。

雷のような拍手の中、エルルが奈落へと歩んでいく。

谷の直前まで歩み寄ったエルルに、私とマッシュはたまらず声を張り上げた。

「エルルちゃん!!」

「え……エルル!!　待てよ!!」

するとエルルはこちらを振り返り、ニコリと微笑《ほほえ》んだ。

「じゃ、じゃあね、マッシュ！　リスたん！　それに……聖哉くん！　け、剣になったら、私のこと、大事に使ってね！　あはは……た、たまにはサビないように磨いてね！」

竜王母が大声で叫ぶ。

「さぁさ、エルルよ!!　今こそ、その身を竜穴奈落へと投げ入れるのじゃ!!」

集まった竜人達の歓声が一際大きくなる。私の隣でマッシュは震えていた。

「間違ってる……！　間違ってるって……！」

「ま、マッシュ？」

「やっぱりこんなの間違ってるって!!」

そして次の瞬間、マッシュはエルルに駆け寄ろうとした。だが、まるでそれを予期していたように鎧を着た竜人達が一斉にマッシュに摑《つか》みかかる。

「落ち着いてください、マッシュ様！」

「このめでたい儀式に水を差すような真似《まね》はいけませんぞ！」

竜人達に組み敷かれながら、

「ち、畜生!!」

マッシュが私に叫ぶ。

「リスタっ!!　ホントにこれでいいのかよ!?　なあっ!?」

「うっ……！」

私は言葉に詰まる。

わ、私だってエルルちゃんが死ぬのなんて見たくない‼　けど、イグザシオンが無ければ、この世界は救われない‼　い、一体、どうすればいいのよ⁉

どうしていいか、わからないまま、エルルに視線を向ける。すると、

「ま、マッシュ……‼　リスたん……‼　わ、私……‼　私っ……‼」

エルルも動揺していた。目は涙ぐみ、決めた覚悟が揺らいでいるようだった。その様子に竜王母は怪訝《けげん》な顔をした。

「おやおや。邪魔が入り、踏ん切りがつかなくなったのかえ。いかん。これはいかんな。誰《だれ》ぞ、エルルのお手伝いをして差し上げよ」

他《ほか》の竜人より一回り大きな体軀《たいく》の竜人がエルルに近寄った。

竜王母が感情に乏しい爬虫類《はちゆうるい》の目をエルルへと向ける。

「さぁ、そのままエルルを奈落へと落として差し上げるのじゃ」

「そ、そんな‼　待ってください‼　それじゃあまるで殺人、」

だが私の言葉は周りの竜人達の熱狂に搔《か》き消される。

「ああ、めでたい、めでたい‼」

「さぁ早く奈落へと落ちるのだ‼」

「死してイグザシオンとなるのです‼」

「それがエルル様の運命‼」

「全ては世界を救う為でございます‼」

狂気と熱気が合わさったものが辺りに充満していた。狂乱の宴の最中《さなか》、もはやエルルを救うのは不可能だと私は悟った。竜人達に阻まれ、私の視界に映るのは、怯《おび》えるエルルを奈落へと突き落とそうと、屈強な手をエルルの背中に伸ばそうとする竜人の姿であった。

だが、その時。

「ぐはぁっ⁉」

突き落とそうとする手がエルルの背に触れるより早く、竜人の体は大きく数メートル弾《はじ》け飛び、竜王母の前のテーブルを破壊する。

「な、何事じゃ⁉」

驚く竜王母。水を打ったように静まり返る宴の間。そして皆《みな》の視線の先には、大きく蹴《け》り上げた脚をゆっくりと戻す勇者の姿があった。

私もマッシュも、そしてエルルも呆然《ぼうぜん》と勇者を見やる。

エルルが震える口を開いた。

「せ、聖哉くん？　ど、どうして？」

「昼間、言う必要もないと言った筈《はず》だが……やれやれ。言わないと分からないのか」

聖哉は溜《た》め息《いき》を吐《つ》いた後、事も無げに言う。

「お前は俺の荷物持ちだ。剣になっては荷物が持てないだろうが」

第二十六章　呪怨《じゅおん》数殺

　周りにいる竜人達は勿論《もちろん》、竜王母《りゅうおうぼ》も、またマッシュやエルルですら言葉を失い、その場に立ち尽くしていた。

　今までの経験上、多少は勇者の言動に免疫のあった私は、どうにか聖哉《せいや》に語りかける。

「せ、せ、聖哉……『言う必要がない』って……そ、そういう意味だったの……？」

「無論だ。俺はこの間、こいつら竜族の二人を荷物持ちにすると言ったろう。その決定に変更はない」

「い、いや……あの……でも……エルルちゃんがイグザシオンにならなきゃ世界は救われないのよ？」

　聖哉は、ただ「フン」と鼻を鳴らす。

「そもそもそのイグザシオンとやらが完成したところで、本当に魔王を倒せる剣かどうかすら疑わしいではないか」

　流石《さすが》に竜王母が黙っていられなくなったらしく大声を出す。

「異な事を‼　その娘の命と血肉を竜穴奈落《りゅうけつならく》の魔法陣に吸収させて出来るイグザシオンこそが魔王を倒す最強無敵の聖剣じゃ‼」

「なぜそう言い切れる？」

「百年前の黄竜帝様《こうりゅうてい》のお告げは絶対だからじゃ‼」

「全く論理的ではないな」

聖哉は大きな溜め息を吐いた後、汚い物を見るような目を竜王母へと向けた。

「……所詮《しょせん》、トカゲの戯言《たわごと》だ」

「なっ⁉　だ、誰に対して言っておる‼　勇者とて、かような無礼は許さぬぞ‼」

と、トカゲの戯言……？　わ、私がこんなに悩んで、エルルちゃんが絶望して、マッシュが怒って……でも聖哉にとっちゃあ、そんな感じなの？

半ば呆《あき》れつつ、私は聖哉の横顔を見ていた。


――ホント……この勇者ってば、どんな時でも全く変わらないのね……。


その時、不意に。私の腹の奥から何かが込み上げてきた。口を開くと、

「あは……あはははははっ‼」

大きな笑い声が漏れた。

「何じゃ⁉　一体何を笑《わろ》うておる⁉」

竜王母は聖哉から私へと視線を移して睨み付ける。

「あ、あら！　これは失礼しました！」

「まさかとは思うが……女神様も勇者と同じ考えではなかろうの？　魔王を倒し、世界を救う気は

ない……よもや、そう仰《おつしや》るのではあるまいの？」

脅すような竜王母に対し、

「いいえ。魔王を倒し、世界を救うのは私達の悲願です。でも……」

竜王母の迫力に負けじと声を張り上げ、宣言する。

「でも、その為《ため》に仲間の命を犠牲には出来ません!!　私達はイグザシオン以外の方法を探し、そして魔王を倒します!!」

辺りがシンと静まり返る。やがて竜王母は侮蔑《ぶべつ》の眼差《まなざ》しを私に向けた。

「……それが女神の最終決定かえ。全く勇者も勇者なら女神も女神よの」

そして鎌首《かまくび》をもたげるようにして、鼻先でエルルを指す。

「お主らも、この娘の親と一緒よ。我が子じゃから、仲間じゃからと、自分の周りの小さな世界のことしか考えておらぬ。そのような独善的な考えじゃから、あのような目に遭《お》うて死ぬことになったのじゃ」

聞き捨てならない台詞《せりふ》に、エルルより先にマッシュが反応した。

「どういうことだよ!!　俺達の親は病気で死んだんじゃあないのかよ!?」

「十数年前、生まれたばかりのエルルをイグザシオンの器とする為、地上へ送る時、エルルの親族が猛烈に反発したのじゃ。仲の良かったお前の身内も一緒にの。だから、」

竜王母が長い舌を出し、口の周りを舐《な》めた。

「まとめて妾《わらわ》が殺してやったのじゃ」

驚愕《きょうがく》の事実にエルルが口を手で覆う。

「ひ、酷《ひど》い……‼　酷いよ……‼」

「何てことを……！」

私も非難の眼差しを向けるが、竜王母は悪びれもしない。

「それもこれも世界を救うには、仕方のないことじゃて」

「……うおおおおおおっ‼」

猛《たけ》る雄叫《おたけ》びと共に組み伏せられていたマッシュが竜人化する。凄《すさ》まじい力で二人の竜人を払いのけ、竜王母に怒号を飛ばす。

「ふざけんな、テメー‼　何が母なる存在だ‼　この人殺しが‼」

拳《こぶし》を振り上げ、竜王母に駆け寄ろうとしたマッシュは、だが、酔っぱらったようにフラフラと脚をくねらせて卒倒した。

「なっ……⁉」

「マッシュ⁉」

倒れたマッシュに近付こうとした私の脚も同じように、もつれ、マッシュ同様、地面に腹ばいに倒れる。

「こ……こ、これ……は？」

無様に地に転がる私とマッシュを睥睨《へいげい》し、竜王母は笑った。

「ククク。妾は年のせいか、用心深くての。エルルをイグザシオンにすると告げた時のお主らの顔を見て、何となくこうなるような気がしておったのよ。先程の料理には、しびれ薬を入れておる。命に別状はないが、呪文《じゅもん》や薬で消すことの出来ない強力なものよ。女神とて、しばらくは動けまいぞ」

ぐっ……‼　しびれ薬とか……このトカゲ女、もう完全に悪役じゃないの……‼　で、でも私達には聖哉がいるわ‼　きっと何とかしてくれる筈‼

しかし、動けない私とマッシュの目の前で、竜人の子供達がキャッキャと笑っている。

「あははは！　実は僕達が作ったあのクッキーにも薬が入ってたんだよー！」

な、何てこと‼　クッキーなら聖哉も食べていた‼　つ、つまり、私達の誰一人として動けないってことじゃない‼

「……さて、邪魔が入ったが、聖剣の儀を続行しよう。ほれほれ。誰ぞ、エルルを奈落へと突き落とすのじゃ」

竜王母に言われて三人の竜人が、怯えるエルルに迫る。私とマッシュ、そして聖哉は為《な》す術《すべ》もなく歯噛《はが》みしながら、エルルが谷底へと突き落とされるのを見守るしかない……その筈だった。

なのに——私は今、目前に繰り広げられている光景に開いた口がふさがらない。

聖哉が平気な顔で、エルルに向かって来る竜人達を片手でポイポイと投げ飛ばしているではないか！

竜王母が血相を変えて叫ぶ。

「な、な、何故《なぜ》じゃ⁉　お主、薬が効いておらんのか⁉」

「効くも何も、そもそも食べてはいないからな」

平然と宣《のたま》う勇者に子供達も叫ぶ。

「う、嘘《うそ》だ‼　さっき僕達の作ったクッキー食べてたじゃん‼」

「子供だからとはいえ、トカゲの作ったものなど気持ち悪くて食べられるか。後でコッソリ吐いて捨てたのだ」

「⁉　ひ、酷いよおおおおっ‼」

「酷いのはどっちだ。この悪ガキ共。案の定、毒が入っていただろうが。それに、そもそも、」

急に聖哉は私を指さした。

「俺は基本的にこの女の作った物しか食わん」

……こんな時なのに胸がドキッとする。

ちょ、ちょっと聖哉⁉　そういう風に言われるとメチャメチャ嬉《うれ》しいんだけど⁉　ああ……妻としての幸せを感じるわ‼　いや別に妻じゃないけど‼　聖哉、今夜はステーキよっ‼

兎《と》にも角にも、薬が効いていない聖哉に驚いていた竜王母だったが、やがて落ち着きを取り戻したようで、小さな鼻の穴から「フーッ」と大きな息を吐き出した。

「全くやれやれじゃ。こうなった以上、やむを得ん。仮にも聖剣の担い手となるお方。手荒なことはしとうはないが、神聖なる儀式の為じゃ。少し静かになる程度には痛めつけさせて貰《もら》おうかの」

「ほう。やってみろ」

「余裕じゃの。じゃが、あまり妾を舐めぬことじゃ……」

言い終わるや否や、竜王母の体が、着ていたドレスを引き裂き、一気に膨張する！

「見せてやろう‼　選ばれし竜族のみが可能な変化『神竜化』をの‼」

「う、うわわわわっ⁉」

薬のせいで、ままならぬ体をどうにか動かし、私は竜王母から後ずさった。そうしないと押し潰《つぶ》されると思ったからだ。

変化は徐々にではなく一瞬。今、竜王母は『トカゲ』と揶揄《やゆ》されていた竜人の姿から、黄土色の鱗《うろこ》に覆われた巨大なドラゴンへと変貌《へんぼう》していた。長く太い尻尾《しっぽ》を入れれば全長10メートルはあるだろうか。背に持つ大きな翼を広げ、竜王母はその威を示すように獰猛《どうもう》なドラゴンの顔を大きく持ち上げて、ナイフのような牙《きば》の並ぶ口を開き、咆哮《ほうこう》した。

私は地面を這《は》いずりながらも、どうにか能力透視を発動し、相手のステータスを把握する。

竜王母《りゅうおうぼ》
Ｌｖ：66
ＨＰ：５６３２９０　ＭＰ：５５３３
攻撃力：４３８９８　防御力：３８８８１　素早さ：５６７９　魔力：１０２０９　成長度：７
２１
耐性：火・水・雷・毒・麻痺《まひ》・眠り・呪《のろ》い・即死・状態異常
特殊スキル：神竜化（Ｌｖ：ＭＡＸ）※対竜武器以外の攻撃無効化

特技：ドラゴンクロー《竜爪断罪》
ドラゴンブレス《火炎竜息》
アルティメット・ウォール《嘆きの壁》
性格：唯我独尊

……ＨＰは異様に高い！　でも、この間のダークファイラスに比べれば他《ほか》の能力値は大したことないわ！

だが、気になる表記が一つあった。

「対竜武器以外の攻撃無効化……!?」

私の呟《つぶや》きが聞こえたらしく、竜王母が巨大な笑い声を轟《とどろ》かせる。

「クッハハハハ‼　まさかこの地でドラゴンと戦うことになるとは思いもせんかったろう？　竜のウロコはどんな金属よりも遥《はる》かに強靭《きょうじん》！　通常の剣では、かすり傷すら付けられぬ！　つまり、勇者よ！　お主は妾には勝てぬということじゃ！」

――ドラゴンと戦う……ですって……？

竜王母の勝ち誇った台詞に、私は大して戦慄《せんりつ》してはいなかった。そして、もはや期待を込めた目で勇者を眺める。

聖哉は竜王母を見据えたまま、マッシュを呼んでいた。

「おい、マッシュ。動けるか？」

「お、押忍《おす》……す、少しは……」

「なら、お前の荷物から、黒い鞘《さや》の剣を出せ」

マッシュが力を振り絞り、言われた鞘の剣を取り、どうにか聖哉にそれを投げる。後ろも見ずに片手で受け取った聖哉は竜王母を前にして、黒い鞘から剣を引き抜いた。

……現れた刀身は、いつものプラチナソードではなかった。

ぬらり、と妖《あや》しく、血が滑《ぬめ》ったように紅《あか》く輝く剣を、聖哉は剣舞のようにヒュンヒュンと風を切りつつ振り回した後、中段にピタリと構える。

今や人間より何倍も巨大化している竜王母がその体を震わせ、身じろぎした。

「お、怖気《おぞけ》の立つ、そ、その剣はまさか……『ドラゴンキラー《竜殺しの剣》』!? い、一体、何故に、そんな物を持っておる!? やる気満々ではないか!!」

いつも通り、当然のように聖哉は言う。

「竜の洞窟《どうくつ》などという怪しげな場所に行くと決まった時から、ドラゴンと戦う可能性は十二分に考慮している」

私は腕を振り上げながら竜王母に叫ぶ。

「へへーんだっ!! 聖哉は、いつでも何処《どこ》でもレディ・パーフェクトリーなのよっ!! ありえないくらいの慎重勇者を舐めんじゃないわよっ!!」

マッシュも目をキラキラと輝かせ、聖哉に称賛の眼差しを向けていた。

「流石《さすが》は師匠!! けど一体、何処でそんな武器を!?」

「無論、合成だ。材料としてプラチナソード、竜族であるマッシュの髪の毛一本、同じくエルルの髪の毛一本、そして最後にリスタの髪の毛百本を入れたら完成した」

ドラゴンキラー《竜殺しの剣》合成の材料に私は仰天する。

いや、私の髪の毛だけ、とんでもなく多くね!?

今は非常事態である。だが、どうしても聖哉に聞いておきたいことがあった。

「ね、ねえ聖哉!! 私の毛百本も一体どこで手に入れたの!? 流石にそんなに部屋に落ちていなかったでしょ!?」

「うむ。だから仕方なく、お前が寝ている間に直接むしったのだ」

「えっ……」

は? ちょっと? えっ? は? 寝ている間? えっ? えっ? むしった? 直接? はっ? えっ?

「……竜宮院《りゅうぐういん》聖哉……後で大事なお話があります……!!」

しかし、いつものように聞いていない。竜王母の動向に注意し、睨《にら》みを利かせているようだ。

そうね。そうよね。今は戦闘の方が大事よね。わかった。わかりました。いいでしょう。とりあえず今は戦いに集中してください。けど……けどね……お前、後で絶対、審問にかけてやるからな、この不法侵入者がああああああああああああ!!

……聖哉と竜王母。互いに牽制《けんせい》しあうように対峙《たいじ》していた両者だったが、やがて竜王母に動きがあった。大きな前足がピクリと動いた刹那《せつな》『ぐぉん』と音を立て、黒い爪が聖哉を襲う。だが竜王母の動きを注視していた聖哉は危なげなくバックステップ。かわした後は竜王母にドラゴンキラー《竜殺しの剣》を向ける。

「……アトミック・スプリットスラッシュ《原子分裂斬》」

振り切ったばかりの巨大な前足に向け、ドラゴンキラー《竜殺しの剣》を叩《たた》き付ける。鉄と鉄が合わさったような轟音《ごうおん》が辺りに響く。竜王母が唸《うな》った。

「ぐうっ！　凄《すさ》まじい力よ！　いくらドラゴンキラー《竜殺しの剣》を装備しているとはいえ、一撃で妾《わらわ》にこれ程までのダメージを与えるとはの！　じゃが……」

竜王母は今度は両の前足を聖哉に向けて構えた。

「ドラゴン・クロー《竜爪断罪》……！」

前足から生えていた爪が伸長する。剣のように伸びた両の爪で竜王母は聖哉を襲った。一振りする度、唸るような風圧が巻き起こる。凄まじい迫力だが、その攻撃全てが勇者を捉《とら》えられず、空を切っていた。

——よし！　やっぱり見かけ通り、動きはそんなに速くない！　これなら聖哉の敵じゃあないわ！

私は安堵《あんど》していたが、

「む……」

突然、聖哉が爪を避《よ》けざまにエルルに向かってダッシュした。走りながらエルルをヒョイと抱えると『ざざざざ』と土煙を上げつつ、少し離れた位置に停止する。

「えっ、えっ⁉」

抱きかかえられ、意味が分からぬ様子で焦るエルル。私も何が何だか分からなかったが、すぐに聖哉の取った行動の意味を理解した。エルルが先程までいた場所に竜王母の爪痕《つめあと》がしっかりと刻まれていたからだ。

竜王母が感心した表情を見せていた。

「ほう。お主にばかり攻撃するよう見せかけて、エルルを爪で抉《えぐ》ってやろうとしたのじゃが……悟ったかえ。やるのう」

聖哉はエルルちゃんを狙《ねら》った竜王母の攻撃を敏感に感じ取ったんだ‼　……ってか、

「爪で抉るって何よ⁉　アンタ、エルルちゃんを殺すつもり⁉　エルルちゃんはイグザシオンにするんじゃないの⁉」

竜王母はさらりと返す。

「谷底に落としてから死ぬのと、死んでから落とすのと、そうは変わらんじゃろ。要は選ばれし竜族の娘の血肉が魔法陣に必要なのじゃからな」

「さ、最低っ‼」

だが今やエルルは聖哉にしっかと抱き締められている。こうなっては竜王母も簡単に手出し出来ないだろう。

しかし。

「言ったろう。妾は用心深いのじゃ……」

意味深な言葉の後、聖哉に抱えられているエルルが苦しげな声で喘《あえ》ぎ、胸を押さえた。

「ううっ……うううっ!!」

「え、エルルちゃん!?」

見るとエルルの首に掛けられたネックレスの一部が黒い光を放っている。

「あ、アンタ、エルルちゃんに何を!?」

「ククク。エルルに着けておいた呪具《じゅぐ》『デスカウント・ネックレス《呪怨数殺の首飾り》』を発動させたのじゃ。その黒き光が首を一周すればエルルの命は絶たれる。それまで、およそ三分といったところかの」

第二十七章　大切なもの

「の、呪いのアイテム‼　そうまでしてエルルちゃんを⁉」

「ククク……当然じゃ！　エルルは死んで聖剣になる運命！　これは百年前から決まっていることなのじゃ！」

エルルはネックレスを外そうとしていたが、首にしっかり密着しているようで離れない。そのうちエルルは胸を押さえ、うずくまった。辛《つら》そうに呼吸を荒くしている。

「竜王母《りゅうおうぼ》、テメー‼」

マッシュは、しびれた体に鞭打《むちう》つように、どうにか体を起こす。だが中腰になったままの体勢から動かない。まだ薬が効いているのだ。そしてそれは私も同じだった。

呪いのネックレスを動く黒い光はエルルの首筋に向けてジワジワと上ってきている。

「せ、聖哉《せいや》……‼　早く何とかしないと……‼」

時は一刻を争う。私は焦るが、

「おい、竜王母。お前は魔王軍ではない。だから一度だけ警告してやろう」

こんな時だというのに、聖哉はいつものように抑揚のない声を出す。

「ちんちくりんにかけた、この呪いを解け。そして俺達を竜の里から解放しろ。以上だ」

「面白い勇者じゃの。何を言うかと思ったら警告じゃと？　今、お主らを追い詰めておるのは妾の方じゃというのに……」

そして大声で哄笑《こうしょう》する。

「クハハハハハハハ‼　断る‼　聖剣の儀は絶対じゃ‼　どうしてもデスカウント《呪怨数殺》を解きたくば、その呪具の所持者である妾を殺すしかないの‼」

「そうか。ならばもう遠慮はせん。……いくぞ」

握りしめたドラゴンキラー《竜殺しの剣》が更に赤く輝く。剣を覆った火炎を見て、私は確信する。これは魔法剣の発動――つまり、

「……フェニックス・ドライブ《鳳凰炎舞斬》！」

ケオス＝マキナを一瞬で葬った聖哉の得意技だ。しかしフェニックス・ドライブ《鳳凰炎舞斬》を竜王母に繰り出そうとする聖哉に私は叫ぶ。

「ま、待って‼　竜王母には火の耐性が……って……」

勇者は既に、飛翔《ひしょう》のスキルで縦横無尽に飛び回りながら、巨体に火炎の剣を乱れ振るっていた。打ち込む度、火に耐性がある筈《はず》の竜王母の体はウロコごと煙を上げて焼け焦げる。

「め、滅多打ちだわ……！」

そして、この攻撃が効いているのは、斬《き》られた箇所が赤く腫《は》れ上がっているのと、苦しげに呻《うめ》く竜王母から簡単に察することが出来た。

フェニックス・ドライブ《鳳凰炎舞斬》のラッシュが終わった後、私は再度、能力透視を発動。竜王母の体力増減を確かめる。

HP：341577／563290

よっし‼　あっという間に体力を半分近くも削ってる‼　これなら間に合う‼　エルルちゃんを助けられるわ‼

聖哉の圧倒的な攻撃力に心が沸き立つ私。だが何故《なぜ》か私同様、竜王母も感嘆の表情を見せていた。

「素晴らしい‼　素晴らしいぞ、勇者よ‼　本気のお主が、これ程までとはの‼　これならイグザシオンを得た後で、魔王を倒すことも充分可能じゃろうて‼」

ま、まだ言ってる‼　しつこいわね‼　けど、何よ⁉　体力を大幅に減らされてるのに、この余裕は⁉

「……お主は強い。だがそれでも……その娘は助からんのじゃ」

不意に竜王母の色彩が変化する。体を覆っていた黄土色のウロコが透明さを増して、金色に輝き、さらにその全てが尖《とが》ったように突出した。

「アルティメット・ウォール《嘆きの壁》を発動した‼　今より、お主の攻撃は全く受け付けん‼　アルティメット・ウォール《嘆きの壁》は防御特化の絶対無敵の究極硬化技なのじゃ‼」

「きゅ、究極硬化技……⁉」

私が呟《つぶや》くその間にも、ネックレスの光は首に向けて上り続ける。「ううっ」とエルルが呻いた。

聖哉は、ゆらりとドラゴンキラー《竜殺しの剣》を竜王母に向ける。

「その壁……崩して見せよう」

そ、そうよ‼　何が絶対無敵よ‼　聖哉はあのダークファイラスの鉄壁ディフェンスさえ突破したんだから‼　きっと今回もやってくれるわ‼

私の熱い視線を受けて、頼もしい慎重勇者は懐から小袋を取り出していた。

「せ、聖哉？　それは？」

「先程、道具屋で買った『素早さの種』だ」

「なるほど‼　それで攻撃の速度を上げるのね‼」

聖哉は上を向くと、小袋の中身全てをザラザラと口の中に入れた。

「えっ……一気に全部……？」

種を口に入れすぎて、聖哉のホッペが信じられない程に大きく膨らんでいた。

「‼　いやせっかく『その壁、崩して見せよう』とか恰好良《かっこうい》い台詞《せりふ》吐いたのに、今なんかハムスターみたいになってますけど⁉」

「……何がだ？」

しかし、私の方を振り向いた聖哉は、もうハムスターではなかった。どうやらすぐに種を咀嚼《そしやく》し、飲み込んだらしい。

「素早さを上げた後は……」

そう呟いた聖哉が先程までいた場所にいない。目を泳がせた後、私は気付く。いつの間にか聖哉は少し離れたマッシュの傍《そば》にいた。

ま、まるで瞬間移動!! これがハムスター顔になる程、素早さの種を食べまくった結果なのね……!!

聖哉はマッシュの荷物より、もう一本の黒き鞘《さや》を取り、中身を抜いた。鞘から出てきたのは片手に持っているのと全く同じ赤き刀身の剣である。

「ドラゴンキラー《竜殺しの剣》!? もう一本あったの!?」

「スペアだ。一本だけだと折れたら大変だからな。だが、スペアは時にこういう風に使うことも出来る」

聖哉は二本のドラゴンキラー《竜殺しの剣》を両手に構え、腰を落とした後、鋭い目を金色の巨大ドラゴンへと向ける。

「モード・ダブルエターナルソード《二刀流連撃剣》……!」

おおおっ!! 素早さの種に、ドラゴンキラー《竜殺しの剣》二刀流、さらにはそれをアデネラ様の絶技『連撃剣』と合わせようというの!? こ、これなら、きっと……!!

「ククク……準備は整ったかえ? なら来るがよい」

「そうしよう」

聖哉は余裕ぶる竜王母の懐に瞬時に飛び込むと、即座に双剣による連撃を開始! 残像が消える前に新たな残像を生む驚愕《きょうがく》の速度で竜王母を打つ! その音は、あまりの速さに連続音となって私の耳に聞こえた!

腹部に強烈な技を浴び続け、硬化した竜王母の体は衝撃で動いた。

「す、すごい‼　いける……いけるわ‼」

さっきより少しは、しびれ薬の効果が切れたらしい。私はヨロヨロと立ち上がると、苦しそうなエルルに近付き、その肩を抱いた。

「大丈夫よ、エルルちゃん‼　すぐに聖哉がやっつけてくれるからね‼」

「う、うんっ……」

それにしてもこの強力無比な技は竜王母に一体、どれ程のダメージを与えたのだろうか。

能力透視を発動し、竜王母の体力増減を見た私は目を疑った……。

HP：340881／563290

「う、嘘《うそ》……‼　さっきと殆《ほとん》ど変わってない……⁉　こ、こんなことって……‼」

私の記憶が正しければ、硬化した後で減った体力数値は1000にも満たない！

「ククク！　言った筈じゃ！　アルティメット・ウォール《嘆きの壁》は究極の硬化技じゃと！　属性による弱点もなく、あらゆる魔法攻撃と物理攻撃を無力化する完璧《かんぺき》なる防御じゃ！」

ドラゴンはニヤリと口元を歪《ゆが》ませた。

「ちなみに、勇者が今、繰り出している一撃一撃は数値化すると『1～3』のダメージといったところかの」

「そ、そんな‼　たったのそれだけ⁉」

「いやいや誇ってよいぞ。通常アルティメット・ウォール《嘆きの壁》発動後は、いくら攻撃しようとダメージはゼロの筈じゃ。ドラゴンキラー《竜殺しの剣》と勇者の力があってこそ、微少ながらも妾《わらわ》にダメージを与えられているのじゃ」

もはやエルルの首の黒色はネックレスの半分を回っていた。

竜王母は口を開き、野太く響く声を出す。

「エルルが死ぬまで残り一分といったところかの！　さすれば、もう少しばかり素早い攻撃を繰り出さねば妾は倒せんのう！　そう……一秒間に二千発程の攻撃をな！　クククハハハ！　さぁ、もうその娘は助からん！　勇者よ、無駄な争いは止《や》めようではないか！」

それでも聖哉は聞いていない。ただ一心不乱に両手の剣を竜王母に打ち付けている。

それは傍目《はため》にも全く意味のない攻撃に映った。『無駄なあがき』――そんな言葉すら相応《ふさわ》しいように思えた。

「……聖哉くん……も、もう……いいよ」

「エルルちゃん!?」

呪《のろ》いの力に苦しみながら最後の力を振り絞るように、エルルは攻撃を続ける聖哉の背中に語りかけていた。

「ありがとう……私のこと助けようとしてくれて……すごく嬉《うれ》しかったよ……でも……もういいの……もう充分だから……」

気丈に笑顔を繕うエルルを見て、竜王母がニヤリと顔を歪ませる。

「どうやらエルルは諦《あきら》めて観念したようじゃの」

首寸前に近付いたネックレスの黒い光を見て、いたたまれなくなって私はエルルを抱きしめる。

――ダメなの？　聖哉でも無理なの？　この子はイグザシオンになる運命なの？　そうしなければ難度Ｓの世界ゲアブランデは救えないの？


「さぁ、エルルよ‼　死してイグザシオンになるのじゃ‼」

竜王母の愉悦に満ちた大声が響いて、改めて竜王母を見た時、

「えっ……」

私は竜王母の身に起きているある異変に気付いた。同時に、

「観念するのはお前の方だ」

勇者が竜王母に、そう言い放つ。

「……ああ？　一体、何を言っておる？」

「後ろを見てみろ」

硬化のせいで動きにくそうな首をギギギと動かし、訝《いぶか》しげに背後を振り返った竜王母は、

「なっ⁉」

そう叫び、絶句した。

……あまりに緩やかな変化だから気がつかなかったのだろう。実際、私も先程ようやくこの異変に気付いた。アルティメット・ウォール《嘆きの壁》は二刀流連撃剣の攻撃力は殺せても、その衝撃まで殺すことは出来ていなかった。絶え間ない連撃を叩《たた》き込まれた竜王母は今――底の見えない奈落《ならく》へと近付いていた。

「落下まであと三、四メートル。全く、何が用心深い、だ。こんな状態になるまで気付かんとは間抜けもいいところだな」

話しながらも双剣は竜王母を激しく打ち付ける。

「や、止めよ‼　こ、攻撃を止めよ‼」

だが聖哉は手を緩めない。私は竜王母に叫ぶ。

「早くエルルちゃんにかけた呪いを解きなさい‼　人を剣に変える程の強力な力が込められた魔法陣に落ちたら、いくらアンタでも、どうなるかわからないわよ‼」

「ぐううっ‼」

奈落へとジリジリ追い詰められながら、竜王母は凄《すさ》まじい形相でエルルを睨《にら》んだ。

「何故じゃ⁉　わからぬ‼　一体どうしてそうまでして、その娘を守る⁉　イグザシオンの器となる娘には戦闘力や才能は皆無‼　その娘は剣にせねば、ただのクズ‼　連れていても何の役にも立たぬ、クズじゃというのに‼」

「……クズではない」

普段通りの声で平然と聖哉は言う。

「大切な荷物持ちだ」

「聖哉くん……っ‼」

途端、エルルの大きな瞳《ひとみ》から涙が溢《あふ》れた。エルルは小さな顔をくしゃくしゃにして泣きじゃくった。

いや、そこは『大切な仲間だ』って言ってあげなよ……。でも、聖哉！　アンタがそんなこと言うなんてね！　私もちょっとだけグッときたわよ！

「竜王母‼　さっさと呪いを解きなさい‼　本当に落とされるわよ‼」

「わ、わ、わかっておる‼　解いた‼　もう既に解いた‼　じゃから攻撃を止めてくれ‼」

竜王母の太い足が奈落へ落ちる一歩手前で、聖哉は連撃剣を止めた。

しかし、その刹那《せつな》！　竜王母が笑う！

「バカめ‼　解いたのはアルティメット・ウォール《嘆きの壁》の方じゃ‼　これで妾は自由に動ける‼　妾を殺そうとするような大罪者は勇者といえど許さぬぞ‼　しばらくは動けぬ程の痛みを味わうが良い‼　喰《く》らえ‼　ドラゴンブレス《火炎竜息》‼」

牙《きば》の並んだ口を大きく開き、火炎を噴出しようとするが、既に聖哉は双剣を体の前で十字に構えている。

「……ダブル・ウインドブレイド《二刀流烈空斬》！」

両の剣をクロスさせて放った真空波は、竜王母が口から業火を吐き出すより早く、圧倒的な速度で竜王母の腹部に十字の裂傷を刻む！　それと同時に竜王母が体勢を崩し、遂に奈落へと足を踏み外した！

それでも竜王母は笑う。

「妾には翼がある!!　アルティメット・ウォール《嘆きの壁》の硬化を解いた今は飛翔《ひしょう》が可能!!　奈落へ落ちることはないわ!!」

そして落ちる間際。竜王母が颯爽《さっそう》と広げた翼の片方は、しかし、ボロボロに傷み、向こうの景色が見える程に穴が開いていた。

「そ、そんな!?　わ、妾の翼が!?」

飛ぶことの出来ない翼に気付き、瞳孔《どうこう》が見える程、大きく目を見開いて竜王母が叫ぶ。

「な、何故《なぜ》じゃあああああああああああああ!?」

竜王母の断末魔の叫びは谷に反響し、竜の里中に轟《とどろ》いた。

やがて声が遠ざかり、巨体が奈落へ落ちた後も、想像したような大きな落下音は私の耳に聞こえなかった。

「ま、まさか……！　竜王母は、まだ生きて……？」

呪いは解けなかった!?　こ、これじゃあエルルちゃんは……!!

黒い光は今まさにエルルの首を一周しようとしていた。

「え、エルルっ‼」

ようやく薬の効力が切れたのだろう。マッシュがエルルに駆け寄る。そしてその瞬間……

『パキッ』と音がして、呪いのネックレスがバラバラになってエルルの首から外れ、地に落ちた。

「あ……」

キョトンとした顔で、首筋をさするエルル。

「よ、よかった……！　竜王母が倒れたんだわ……！　呪いが解除されたのよ……！」

私の言葉に感極まったのか、マッシュはエルルに抱きついた。

「よかった‼　よかったな、エルル‼」

「ちょ、ちょっとマッシュやめてよー！　は、恥ずかしいよーっ！」

ダークファイラス戦の後、倒れたマッシュに飛び乗って泣いたエルルと逆の光景だった。そんな二人を見て、

「ふぅ……」

私はようやくホッと一息吐《つ》いた。そして事も無げに剣を鞘に仕舞う聖哉に尋ねる。

「ねえ、聖哉。一つ教えてよ？　一体いつ竜王母の翼を傷つけていたの？」

面倒くさそうな顔をした後、聖哉は言う。

「奴《やつ》がアルティメット・ウォール《嘆きの壁》を発動する前だ。フェニックス・ドライブ《鳳凰炎舞斬》で体全体を乱打しつつ、実は片翼を重点的に傷つけていた」

「アルティメット・ウォール《嘆きの壁》の前……？　そ、それっておかしくない？　だって、あの時はまだアレがどんな技かすら分からない状態でしょ？　そんな時にどうして翼を前もって攻撃するのよ？」

「エルルに対し、三分間というタイムリミットのある呪具《じゅぐ》を発動させた後で、敵が逃げや守備に転ずることは容易に想像出来た。そして奴を能力透視した時、見えた特技『アルティメット・ウォール《嘆きの壁》』。ほぼ確実にこれを使って三分間を凌《しの》ぐつもりだと思った。本来ならばそれが発動する前に倒すのが最善。だがHPが高く、短時間で倒すのは不可能……ならば苦境に陥り、奴がアルティメット・ウォール《嘆きの壁》を解除し、逃げようとする時の手段を前もって潰《つぶ》しておく。つまり翼の損壊だ」

「さ、最初の攻撃の時、既に竜王母を奈落に突き落とした後のことまで考えてたの？　あ、アンタって人は、一体どれだけ慎重なのよ……」

「まぁ誤算があるとすれば、アルティメット・ウォール《嘆きの壁》発動後、奴が思ったよりは壁っぽくはならなかったことだ。てっきり『妖怪《ようかい》ぬりかべ』っぽくなると想像していたのだが」

「スライムは知らなかったのに、ぬりかべは知っているのね……」

「うむ。ぬりかべは知っている。そんなことはともかく、」

　聖哉は冷たい視線を奈落へと向けていた。

「それにしても竜王母め。何が用心深い、だ。俺に言わせれば全くもって慎重さが足りん。様子見などせず、もっと早くにアルティメット・ウォール《嘆きの壁》を発動させておけば翼は無事で逃げることも出来た。俺が奴なら宴《うたげ》の最中《さいちゅう》からアルティメット・ウォール《嘆きの壁》を発動させておく」

「いや、流石《さすが》に宴の最中、いきなり固まり始めたらおかしいでしょ……」

あまりの慎重振りに脱力しかけた、その時。

「りゅ、竜王母様が奈落《ならく》へと……!!」

「何たることを……!!」

「貴様達……!!　ただでは済まさんぞ……!!」

もの凄《すご》い形相で竜人が私達を囲んでいた。中には武器を手にして殺意丸出しの者もいる。竜王母がいなくなっても窮地に変わりはなかった。目の色の変わった竜人達が私達に、にじり寄る。マッシュがエルルを背後にし、剣を抜いた。

私も聖哉の背中に隠れたその刹那。竜穴《りゅうけつ》奈落から一条の輝く光が天に向かって上った。

「な、何だアレは……？」

竜人達も息を呑《の》んで見守る中、谷から伸びた光のトンネルを伝うようにして、赤と黒のまだら色の刀身の剣が浮かび上がった。

——こ、コレは……!!　竜王母が奈落の魔法陣の力で剣になったんだわ……!!

聖哉は当然のようにその剣を手に取り、宙に掲げる。

「よし。イグザシオンを入手したぞ」

……一瞬の沈黙後。集まった全ての竜人達が異口同音に大声で叫ぶ。

「「「いやそれイグザシオンじゃねえだろ!!」」」

そ、そりゃツッコまれるよ!!　何言ってんの、聖哉!?

私は呆然《ぼうぜん》とするが、竜人達の怒号は止まらない。

「その剣は、まがい物だ‼」

「伝説のように神々しい輝きを放ってはいない‼」

「そうだ‼　やはりエルルを殺すのだ‼」

「殺せ、殺せ、殺せ、殺せ‼」

殺意が渦を巻く。だが、しかし、

「黙れ……トカゲ人間共」

まだらの剣を振りかざし、竜王母を屠《ほふ》った勇者がよく通る声を出すと、辺りは一気に静まり返った。

「イグザシオンには、竜族の血を引く女の命と血と肉が必要だと言っていたな。竜王母の命は既にこの剣に入っている。ならば……」

聖哉はエルルに近付き、右腕を掴《つか》んだ。

「痛っ……」

エルルが小さく叫ぶ。エルルの腕から少量の血が流れていた。

「し、師匠？　何を？」

「後でリスタに治して貰《もら》え」

聖哉はエルルの腕から千切った肉片を指で摘《つま》み、それをまだら色の剣の刀身に当てた。

「この剣にエルルの血肉を合わせる」

聖哉が持つ合成スキルを発動させたのだろう。不意に、剣が目も眩《くら》む輝きを放ち、光り輝いた。

竜人達が歓声を上げる。

「そ、その神々しい輝きは……!!」

「間違いない……!!　こ、これは……!!」

「イグザシオン……!!　イグザシオンだ……!!」

聖哉は「うむ」と頷《うなず》くと、さっさとイグザシオンを鞘《さや》に仕舞った。そして聖哉を取り囲む竜人達に言う。

「よかったな。お前達も竜人としての使命を果たせ、俺も魔王を倒す剣を手に入れた。これでウィンウィンの関係だな」

一人の竜人がぼそりと反論する。

「で、でも竜王母様が、お亡くなりになってしまったのだが……」

「世界を救う為《ため》に命を使えて本望だろう。本人も生前、そう言っていたではないか」

「ま、まぁ、そうですけど」

「そうだろう。なら何の問題がある？」

「いや、問題は、ある、ような、ないような」

「問題など、ない。ウィンウィンだ」

「ウィンウィン……ですかね……」

「完全にウィンウィンだ。よって、聖剣の儀は以上で終了とする」

キッパリと断言する。だが唐突にそう告げられてもザワザワするのみで、その場から動こうとしない竜人達に突然、

『パァンッ‼』

谷に木霊する大きな音！　全ての竜人、それに私も体をビクッと震わせた！

大きく手を叩《たた》き、自分に注目を集めた後、聖哉は今の柏手《かしわで》に勝るとも劣らぬ大声でこう言った。

「はい、解散‼」

そのあまりの迫力に、まるで先生に叱《しか》られた幼い子供達のように、竜人達は全員そそくさと準備をし、竜の谷を下りたのだった。

第二十八章　ガナビー・オーケー《何とかなる》

たいまつを照らしながら聖哉《せいや》を先頭に、早足で谷を下っていると後ろから声を掛けられた。振り返ると、私達をこの竜の里に導いた竜人ラゴスだった。

「あちらの建物へ急いでください。アナタ達を竜の洞窟《どうくつ》へと帰します」

ラゴスは何だか焦っているようだった。理由を聞くまでもなく、歩きながらラゴス自ら話してくれる。

「イグザシオンが出来たとはいえ、『エルル様が剣にならず生き残った』……竜人の中にはこの結果に納得していない者も多くいるでしょう。暴動などが起こる前に皆さん、早く元いた大陸にお帰りになった方がよろしいかと思います」

「ぼ、暴動!?」

ビックリするが、聖哉は白い目を私に向ける。

「驚く程のことか。無論、その可能性はある。何せ里の長《おさ》を殺されているのだからな」

「いや、アンタがソレ言う!?　ウィンウィンとか言ってたくせに!!」

「誰《だれ》がアレで心底、納得などするものか。大きな音と強い言葉で一時的な催眠状態に陥らせただけだ」

「さ、催眠術とか、そんなことまで出来るんだ……？」

私が勇者の能力に畏《おそ》れを抱いている時、ラゴスはマッシュとエルルに申し訳なさそうな顔をしていた。

「騙《だま》していたことをどうかお許しください。ご両親が病気で死んだと伝えるように竜王母様《りゅうおうぼ》からきつく言われていたもので」

「ああ、もういいよ。それは」

マッシュが言うと、ラゴスは頭を下げた。

「今更ですが、エルル様が剣にならなくて本当によかった。私は心からそう思っています……」

しばらく歩くと辺りに殆《ほとん》ど竜人はいなくなった。そして小さな白い家屋が見えてきた。それは私達が竜の洞窟から魔法陣を抜けて出てきた建物に間違いなかった。

中に入るとラゴスは扉を閉めた。部屋中央の魔法陣まで私達を誘導した後、ようやく笑顔を見せる。

「マッシュ様、エルル様。もはや二度とお会いすることはないでしょうが、アナタ方の前途に平和と栄光があるよう、私は此処《ここ》で祈っております」

二人も笑顔をラゴスに返す。

「ああ、ありがとうな！」

「ありがとう！　ラゴスさん！」

「そして勇者様、女神様。イグザシオンを使って何卒《なにとぞ》、世界をお救いください。お願い致します」

無言の聖哉に代わり、私はラゴスに礼を言った。

……この竜の里で竜人達に出会い、私はその誰しもが感情に乏しい印象を受けていた。だが中にはラゴスのように、まともな竜人もいるようだ。エルルとマッシュの親もきっとこのような竜人だったのだろう。

やがてラゴスが呪文を唱えようとした時だった。

「……待て」

勇者が口を開く。聖哉は何故《なぜ》か手に小さな竜人――いや、トカゲを持っていた。

「此処に来る間に拾った。これを先に転送しろ」

ラゴスが顔を引きつらせた。

「ま、またですか……」

「一度無事だったからといって、二度目も無事とは限らん。それに、実はお前こそエルルが生き残ったことに憤慨している第一人者かも知れんからな」

「せ、聖哉!? 失礼でしょ!! アンタ、ちょっとは人を信じなさいよ!!」

私が責めるもラゴスは真剣な表情で首を横に振った。

「いえ、いいのです。きっとその慎重さが勇者様の長所なのでしょう。そして、それがエルル様を救ったように、やがては、この世界を救うのかも知れません」

「はぁ……。『慎重さが世界を救う』……ですか……？」

それにしても、こんなことを言われて怒らないなんて、ラゴスは大人だと思う。見た目から、年は全然わからないけど。

「ホント、すいません。じゃあ、とりあえず最初はこのトカゲから……」

一旦《いったん》、トカゲを送り、また戻す――この意味のない二度手間をした後で、ようやく私達は竜の洞窟に転送されたのだった……。

魔法陣から出ると、辺りは薄暗がり。岩肌の露出した狭い空間である。

「ふう。ようやく帰ってきたわね」

私がそう独りごちた刹那《せつな》、

「聖哉く――――んっ!!」

いきなりエルルが聖哉に抱きつき、泣き始めた。

「ありがとう、ありがとう、ありがとう、ありがとうっ!! 怖かった!! ホントはメチャクチャ怖かったんだよーっ!!」

どうやら竜の里にいる間は我慢していた感情が、戻って来た途端、爆発したらしい。

「剣になんかなりたくなかったよーっ! 死にたくなんかなかったんだよーっ!! だって死んじゃったら、みんなと喋《しゃべ》れなくなるしーっ!!」

エルルは聖哉の腹に顔を埋《うず》めて号泣していた。その姿に私も何だか貰い泣きしてしまう。

「ううっ!! ごめん、ごめんね、エルルちゃん!! 本当は私が真っ先に止めるべきだったのに!!」

「いいの‼　リスたんは悪くないの‼　女神様が世界のことを考えるのは当然だもんっ‼」

お互い泣きじゃくる私達に勇者はジト目を向けていた。

「やめろ。うるさい。そして鬱陶《うっとう》しい」

片手でグイとエルルの頭を摑み、引き離す。そして「ふえぇ……？」と泣き顔のエルルを代わりにマッシュの胸に、あてがった。

聖哉と違い、マッシュはエルルを無言で優しく抱き締める。やがてエルルが恥ずかしそうに呟《つぶや》く。

「あのね……私ね。剣になる時、何が一番辛《つら》かったかって、やっぱりマッシュと喋れなくなることだったんだよ……」

「お、俺だって、お前と二度と会えなくなるかと思ったら、胸が張り裂けそうだったよ……」

そして竜族の少年少女は頰《ほお》を染めて、潤んだ目で互いを見詰め合った。

えぇっ‼　ちょ、ちょっと何、この二人⁉　ひょっとして、これからそういう関係になっちゃう訳⁉

冒険に恋はつきものである。いきすぎた恋愛は咎《とが》めなくてはならないが、この二人ならそんな心配もなさそうだった。

女神として、というより大人の女性として、私は二人に気を遣ってやった。

「マッシュ。エルルちゃん。先に行って洞窟の出口で待っててくれる？」

「え？　ど、どうしてだよ？」

「二人で積もる話もあるでしょ？　それに私も聖哉と少し話があるから……」

「そ、そうか。わかった」

「じゃあ、出口で待ってるね！　後でね、リスたん！」

マッシュとエルルは仲良く手を繋《つな》いで洞窟を出て行った。二人の背中を見詰めながら私は聖哉に微笑《ほほえ》みかける。

「いやぁー！　何だか初々しいわねー！」

「そういう理由で二人にしてやりたかったのか。バカバカしい」

「あら。私が聖哉に話があるって言ったのは本当よ？」

「俺はお前と話すことなど特にないが」

二人きりになった狭い空間で、私は笑顔を百八十度転換。眉根《まゆね》を思いっきり寄せて聖哉にメンチを切る。

「ドラゴンキラー《竜殺しの剣》合成のことだけど……アンタ、私の髪の毛、直接むしったって言ったわよねえ？」

「むしったが、それがどうした？」

「いや『むしったがどうした』じゃねーじゃん!!　ハゲたらどーしてくれんのよ!!　しかも私が寝てる間に勝手に部屋に入って!!　コレ、もう完全に犯罪だかんね!?」

「お前の髪の毛が百本なければ、ドラゴンキラー《竜殺しの剣》の合成が出来なかった。咎められるようなことはしていない」

相変わらずの正論。だが、私が論じたいのはそこではない。

「……まさか他《ほか》には何もしてないでしょうね？」

「何の話だ？」

「いやだから、その……わ、私が寝てるのをいいことに、あれやこれや色々しなかったかって聞いてんのよ!!」

「俺はただ、お前の髪の毛を百本むしっただけだ。他は何もしていない」

ほ、本当でしょうね……！　ってか『髪の毛百本むしっただけ』って、その日本語おかしくない……!?　それだけで即刻、逮捕レベルなんですけど……!!

聖哉は何事もないように踵《きびす》を返そうとしたが、

「待ちなさい、聖哉!!　話はもう一つあるのよ!!」

「全く。今度は何だ」

私は面倒くさそうに呟く聖哉の腰の鞘《さや》を指さして、真面目《まじめ》な顔で言う。

「その剣、イグザシオンじゃないわよね？」

途端、

「……何だと？」

聖哉は恐ろしいまでに鋭い眼差《まなざ》しを私に向けた。その迫力に息を呑《の》む。

「わ、わ、私だって女神よ！　その剣は確かに強力な威力のある武器！　だけど魔王を倒す程の聖なる気をそれからは感じないのよ！」

怖い顔でしばらく私を睨《にら》んだ後、聖哉は普段通りの平淡な表情に戻った。

「どうやらお前のことを見くびっていた。ただの薬草女ではなかったようだな」

「それはいくら何でも見くびりすぎでしょ……」

「お前の言う通りだ。これはイグザシオンではない。合成で作った『プラチナソード改』だ」

「やっぱり。それを使って竜人達をペテンにかけたのね？　エルルちゃんを救う為《ため》に……」

「言ったろう。アイツは俺の荷物持ちだ、と。自分の決断を他人に覆されるのが気に入らなかった
――ただ、それだけだ」

聖哉は歩き始めながら言う。

「いいか。このことは他言無用だ。ちんちくりんが知ると、また泣き出して、うるさいだろうからな」

「う、うん。そうね。わかった」

聖哉の背中を追いながら私は話しかける。

「ねえ、聖哉。竜王母が言った通り、イグザシオンだけが魔王を倒せる武器だったとしたら……どうする？」

「違う手段を見つければいいだけだろう。確か、お前自身が竜王母にそう言っていなかったか？」

「あ、あの時は勢いで言っちゃったけど……本当にそんな方法があるのかなって……」

しばらく無言だった聖哉はボソリと呟く。

「ガナビー《何とかなる》・オーケー」

「えっ？」

聖哉のその一言に私は強烈な違和感を覚えた。理由も言わず、根拠もなく、ただ『何とかなる』——ものすごく聖哉らしくない台詞《せりふ》だと思ったのだ。

「……どうした、リスタ？」

立ち止まった私の顔を、訝《いぶか》しげに覗《のぞ》き込んでいる聖哉に気付いて、ハッとする。

「べ、別に！　聖哉が、らしくないこと言うからちょっと頭がフワッとしただけよ！」

「ただでさえ緩んでいるのに、それ以上フワッとしたら入院レベルだな。この、ゆるふわ頭」

「誰《だれ》が、ゆるふわ頭よ!!　殴るわよ!!」

「さっさと行くぞ。アイツらが待っている」

聖哉は洞窟《どうくつ》の出口を見て、目を細めた。短い洞窟の出口からは眩《まぶ》しい光が差し込んでいる。

私達はその光に向けて、ゆっくりと歩き出した。

……イグザシオンを入手出来なかったことは、難度Ｓのゲアブランデを攻略する上で、途轍《とてつ》もない大きなハンデになるかも知れない。だけど、この勇者なら……聖哉なら……きっと何とかしてくれるに違いない。今はそう信じよう。

前を向いて進もうと決めた時、不意にドッと疲れが押し寄せてきた。竜の里では本当に色々あった。マッシュもエルルも、そして聖哉も口には出さないけど随分疲れていることだろう。

洞窟を出たら、来る時寄ったイザレの村の宿屋で丸一日ゆっくり休もうかな？　……うん、そうだ！　そうしよう！　たまには世界を救うことを忘れて、皆《みんな》でまったり、ゆっくりしよう！　寝ている間に髪の毛百本むしったことは到底許せないけど、その前に聖哉は嬉《うれ》しいことを言ってくれたじゃない！　『俺はこの女の作ったものしか食わん』だなんて！　村に着いたら材料を買って、腕を振るって料理を作ってあげよう！　もちろんマッシュやエルルちゃんにも振る舞って……

だが、意気揚々と洞窟を抜けた私を待ち受けていたのは、のっぴきならない状況だった。

出口付近の岩場では、マッシュとエルルが甲冑《かっちゅう》をまとった十数人の兵士達に囲まれていた。

「し、師匠！」

「リスたんっ！」

二人が説明するより早く、私と聖哉に駆け寄って来た兵士達は、揃《そろ》って地に膝《ひざ》をついた。

よく見れば誰しもが傷だらけ。甲冑も汚れや傷みが目立つ。まるで先程まで戦場にいたかのような風貌《ふうぼう》である。

疲れ切った体にムチを打つように、一人の兵士が腹の底から声を出す。

「我々はロズガルド帝国騎士団です！　勇者様が、この洞窟に向かったとの報《しら》せを受けて、オルガの砦《とりで》より、やって参りました！」

「は、はぁ。それで、その帝国騎士団の方々が一体、私達に何の用でしょう？」

薄々、用件は分かっているのだが、私が尋ねると兵士は苦渋に満ちた表情を見せた。

「現在、ロザリー様指揮下の帝国騎士団は、此処《ここ》より北北東、オルガの砦にて魔王軍特殊部隊と交戦中！　戦況は思わしくありません！　勇者様、何卒、我らにご同行ください！」

兵士達の顔付きは、それが差し迫った危機であることを告げていた。

私は慈愛に満ちた女神の微笑《ほほえ》みを兵士達に向ける。

「わかりました。それでは、早速行きましょう」

私の言葉に沸き立つ兵士達。中には涙を流す者もいた。

だが優しい女神の態度とは裏腹に、私は心の中でこう叫んでいた。

——ちょっとは休ませてよおおおおおおおおおおおおっ‼

救済難度Sの世界ゲアブランデは、私達に一時の休息さえ与えてはくれないのだった。

あとがき

初めまして、土日月と申します。『どにちげつ』ではなくて『つちひらいと』と読みます。でも別にどう読んで頂いても構いません。そんなことより、この度は『この勇者が俺TUEEEくせに慎重すぎる』を手に取ってくださいまして、ありがとうございます。

ところで皆さんはロールプレイングゲームで遊ばれたりするでしょうか？

RPGのプレイヤーは、大きく分けると二つのタイプに分類出来ると思います。

一つはレベル上げなどそっちのけで物語を進めようと、ガンガン前に進んでいくタイプ。

またもう一方は、レベル上げをしっかりやって、道具や武器など準備を万端にしてから、ゆっくり慎重にゲームを進めていくタイプ。

ちなみに筆者は後者のタイプです。敵にやられてまた最初からやり直すのはイヤですから、時間を掛けて、じっくり念入りに準備をします。私以外にも、こういった方は案外多いのではないでしょうか。

本作の主人公もまたそういう慎重なタイプです。ただその度合いが普通とは違うだけです。

彼は召喚された異世界で慎重に慎重に行動をしていきます。一体、どれほどまでに慎重に行動するのかは、本編をお読みになった方なら既にご存じでしょうが……病的です。一緒に行動する女神も呆《あき》れ、嘆き、遂《つい》には怒り出す程です。

このご時世、異世界ものの書物やマンガ、アニメは数あれど、ここまで慎重に物語を進める主人公はいなかったと作者として断言します。そのくらい慎重なのです。でも……強いです。

そんな慎重勇者、竜宮院聖哉《りゅうぐういんせいや》の笑える行動や、それによって被害をこうむる女神であるリスタの苦悩、振り回される仲間のマッシュやエルル、また慎重に準備するが故の強敵を圧倒するパワーなどを楽しんで頂ければ著者として幸いです。

主人公の竜宮院聖哉は一見すると、無礼で自分勝手なので、少し引いてしまう方もいらっしゃるかも知れませんが、実は彼には彼の思うところがあって行動しています。その辺りのことは、また次巻で書いていきたいと思っています。

ちなみに本編で聖哉が決め台詞《ぜりふ》を英語で言ったり、技の名前にも英語を使うことが多いのですが、あまり文法的にツッコまないでくださるとありがたいです（笑）

たとえば聖哉の決め台詞である『レディ・パーフェクトリー』も、英語の口語文としては少しおかしいと思います。日本語で『準備は完璧《かんぺき》』という意味だと、ネイティブなら『オール・セット』等を使うと思います。

ということで正しい英語とは幾分違うと思いますが、作者としては、韻やテンポを優先させて言葉を決めています。なので英語が得意な人は、その点、スルーしてくださると嬉《うれ》しいです。

ついでに言うと、神様のことを数える単位は正しくは『人』ではなく『柱』なのですが、作中では単位を『人』で統一しています。何故かというと、たとえばリスタの『一人で行きます！』という台詞を『一柱で行きます！』とすると、文章的におかしなことになってしまいます。大工さんみたいになります。なので、そういうところも重ねてスルーしてくださると幸いです。

……以上、補足のつもりだったのですが……蛇足だったかも知れません（笑）

それでは最後にお世話になった方々に感謝の気持ちを！

まずは『イラストレーターのとよた瑣織《さおり》様』！

美麗なイラストを描いて頂き、本当にありがとうございました。聖哉も格好良く、またリスタも可愛く、エルル、マッシュ、そしてその他のキャラも皆、魅力的で大変、感激しております。まさにイメージ通りで最高のイラストでした。

また『カクヨムで応援してくださった方』！

元々、この小説はカクヨムというWEB小説サイトで書いていたものです。カクヨムでは投稿された作品を評価したり、コメントを書き込んだり出来るのですが、皆様の拙作への温かい応援のお陰で書籍化することが出来たのだと思っております。本当にありがとうございます。

それから『担当様』！

筆者視点ではなかなか気付きにくい読者目線でのアドバイス、ありがとうございました。一緒に意見を言い合い、その上で改稿したことで、矛盾が少なく、また、どなたにでも楽しんで頂ける作品になったのではないか、と自負しております。ＰＣでの原稿チェックの際、赤字で訂正する為、見やすいようにフォーマット背景を黒にして送信してくれたことに気付かず、「オォイ‼　原稿、真っ黒だけど⁉」と慌ててメールしたことも今では良い思い出です。

そして何より『この本を買って頂いた皆様方』！

本当にありがとうございます。読んで頂いた方が、笑って頂ける……またスカッとして頂ける……日頃のイヤなことを忘れて楽しんで頂ける……はたまた「買ってよかった」と思って頂ける……そんな本になったのならば、著者としてこれに勝る喜びはございません。本当にお買い上げ頂き、ありがとうございました。

最後に、

『皆さん！　この本の主人公にならって、読む用とスペア、さらにスペアが無くなった時のスペアとして、三冊買ってくださいね！』――と言おうと思ったのですが、

「この作者どれだけ必死なんだよ……」などとネットで叩《たた》かれそうですし、一冊買って頂けるだけで、感涙する程とんでもなく非常にありがたいことなので、冗談でも言うのは止《や》めておきます（笑）

というか、こういうことを深読みして考えてしまう辺り、やはり作者も主人公と同じでかなり慎重派みたいです……。

感謝の気持ちを伝える筈《はず》が、まとまりのない文章をつらつらと書いてしまった気がします。

それでは皆様。また次巻で、お会い出来ることを心から楽しみにしております。

土日　月

お便りはこちらまで

〒102－8078
カドカワBOOKS編集部　気付
土日月（様）宛
とよた瑣織（様）宛

カドカワBOOKS

この勇者《ゆうしゃ》が俺《おれ》ＴＵＥＥＥくせに慎重《しんちょう》すぎる

平成29年２月10日　初版発行

著者／土《つち》日《ひ》月《らいと》

発行者／三坂泰二

発行／株式会社KADOKAWA
http://www.kadokawa.co.jp/

〒102-8177
東京都千代田区富士見2-13-3
電話／0570-002-301（カスタマーサポート・ナビダイヤル）
受付時間 9：00～17：00（土日 祝日 年末年始を除く）
03-5216-8538（編集）

編集／カドカワBOOKS編集部

印刷所／旭印刷

製本所／本間製本

ISBN 978-4-04-072184-2 C0093

新文芸宣言

かつて「知」と「美」は特権階級の所有物でした。

15世紀、グーテンベルクが発明した活版印刷技術は、特権階級から「知」と「美」を解放し、ルネサンスや宗教改革を導きました。市民革命や産業革命も、大衆に「知」と「美」が広まらなければ起こりえませんでした。人間は、本を読むことにより、自由と平等を獲得していったのです。

21世紀、インターネット技術により、第二の「知」と「美」の解放が起こりました。一部の選ばれた才能を持つ者だけが文章や絵、映像を発表できる時代は終わり、誰もがネット上で自己表現を出来る時代がやってきました。

UGC（ユーザージェネレイテッドコンテンツ）の波は、今世界を席巻しています。UGCから生まれた小説は、一般大衆からの批評を取り込みながら内容を充実させて行きます。受け手と送り手の情報の交換によって、UGCは量的な評価を獲得し、爆発的にその数を増やしているのです。

こうしたUGCから生まれた小説群を、私たちは「新文芸」と名付けました。

新文芸は、インターネットによる新しい「知」と「美」の形です。

2015年10月10日

井上伸一郎

カドカワBOOKS
Kisei shite level agetandaga
sodachisugita kamoshirenai.
Author : Hisahiro Igaki
Illustration : Youji Sorimura
寄生してレベル上げたんだが、
育ちすぎたかもしれない
1~2巻
好評発売中
!!!!
人の経験値が貰えるスキル?
じゃあ俺、一緒に冒険して
どんどん強くなる!
伊垣久大
ill.そりむらようじ
ニートの栄司が転生して得たのは、他人の経験値を何倍にもして得るスキル【寄生】。そこで閃いた。「寄生相手と一緒に冒険すれば超効率的に強くなれる!」他人を助けて自分も強くなる、極楽お手伝い冒険譚始まる!
四六単行本

生きて、
蜘蛛子ちゃん――!!
全ネットが応援した衝撃の問題作、
遂に登場!
角川コミック・エースより
「蜘蛛ですが、何か？①〜②」
好評発売中!
蜘蛛ですが、なにか？
かかし朝浩
馬場翁
輝竜司
1
蜘蛛子の七転八倒
ダンジョンライフが
漫画で読める!?
漫画:かかし朝浩
原作:馬場翁
キャラクター原案:輝竜司
書籍、コミックなどの情報が集約された特設サイト公開中!
「蜘蛛ですが、なにか？ 特設サイト」で 検索
カドカワBOOKS 四六単行本

男、今日から異世界ではじめました!
1〜6巻絶賛発売中!
カドカワBOOKS 四六単行本

29歳独身冒険者は
ある日見知らぬ世界で目が覚めた今年で三十路の独身男タイシは、謎の声の導きにより冒険者として生きていくことに。やがてマールという少女と出会ったことにより、タイシは異世界の大きな波にのまれていく――！
著 リュート
イラスト：桑島黎音
29歳独身は異世界で自由に生きた……かった。